人文叢書 文學類

好句在天涯

我怎樣寫散文

黃永武 著

三民書局

國家圖書館出版品預行編目資料

好句在天涯：我怎樣寫散文／黃永武著.——初版二刷.——臺北市：三民, 2016

面； 公分.——(人文叢書.文學類12)

ISBN 978-957-14-5639-3 (平裝)

1.散文 2.寫作法 3.文學評論

812.4　　101002045

© 好句在天涯
——我怎樣寫散文

著作人　黃永武
發行人　劉振強
發行所　三民書局股份有限公司
地址　臺北市復興北路386號
電話　(02)25006600
郵撥帳號　0009998-5
門市部　(復北店) 臺北市復興北路386號
(重南店) 臺北市重慶南路一段61號
出版日期　初版一刷　2012年4月
初版二刷　2016年7月
編號　S 836190
行政院新聞局登記證局版臺業字第〇二〇〇號

ISBN 978-957-14-5639-3 (平裝)
http://www.sanmin.com.tw 三民網路書店
※本書如有缺頁、破損或裝訂錯誤，請寄回本公司更換。
三民網路書店
www.sanmin.com.tw

《好句在天涯》序

這是一本自我的文心素描，只想展示自己怎樣在文學的路上走，但絕不想拘束別人的走法；一路上也建造了幾棟小小的文學殿堂，但絕不想較量別人的華麗城堡。

要說這是我自彈自唱的文學小傳，亦有點髣髴，但與自傳不同，我若寫自傳，是小說，每述一事無不受自己的自尊心折射而走樣，表白得最多處，往往最不可靠。但本書則直敘文心，坦誠相告，一不同也。我若寫自傳，不少事會拒絕承認，有時還可作為小人物對大人物的反咬。但本書少許像辯白，感謝生命中的一切，實為全書主調，二不同也。我若寫自傳，會偶然揭自己的瘡疤，讓別人有閱讀的好奇心，以自己的笨拙挫敗換取讀者的消遣與慰藉。但本書想探照的是文心的幽光，不是人性的陰影，不必有自憐的成分，三不同也。所以本書不是自傳，當然全書也想明瞭自己的短長，其作用在激勵如何超越自己的過去，百尺竿頭，期許再進一步。民主的時代，我給「英雄」下了新的定義：能明白自己短長的人就是「英」；能超越自己過去的人就是「雄」，我一生就是如此自勉的。

寫作這本書，是醞釀了一生，直到垂垂老矣的結晶。什麼是寫此「自我文心素描」的動機呢？內在的動機是：我的文學之路的確有些特殊。因為康有為曾說過：「吾學三十歲已成，此後不復有進。」大多數的人和康有為一樣，到三十歲時學識已經「大定」，不再有幡然改轍的飛躍進程。

而我至四十歲後編敦煌卷，五十歲後寫散文書，幾乎每隔十年，仍對陌生領域具有高昂挑戰迎戰的好奇心。六十歲後寫外星人，寫域外考古的中華文化，七十歲後又寫易經。文學的疆界隨時重劃，隨時歸零，不願被過去的成績所約束，筆下的敏捷行動讓別人都無從預料，氣勢一到，自己也無法抑制，膽大到令我自己也會吃驚。

外在的動機則是：我寫的散文，多年來有亮軒、黃慶萱、吳鳴、涵青、游喚、許琇禎、張瑞芬評過單本散文集，已足感謝。到去年南華大學舉行我個人的學術研討會，評我散文全貌的就有陳室如、王偉勇、張瑞芬、許建崑四位教授。而今年十一月成功大學文學家系列活動，又有李瑞騰、朱嘉雯、林淑貞三位教授評論。成大並指定我要去演講〈我怎樣寫散文〉。這股現代文學的研究熱潮，引來許多知音與回響，知音各有「神解」，用文字言傳了出來；回響各有妙招，直指創作的要害，告訴我短長之處，真足以改進自己的盲點，繼續再超越自己。

我是一個對創作與批評皆有高度興趣的人，創作界的才筆縱逸、神奇難蹤，我很崇敬；批評界的學力閎深、準繩具在，我也很景仰。世上有一些似是而非的論調，只想貶低文學評論家，仔細想想，都出於創作者的傲慢。其實作家是善於紡織七彩錦緞的姑娘，而文學評論家乃是善於剪裁式樣的時裝設計師。懂時裝設計者未必會自己去紡織錦緞；但懂紡織錦緞的也未必能動手作時裝的剪裁。

所以批評家是二度創造，是與創作者可以相互觸發各有擅長的藝術成就者。作家期待筆力能扛起龍文之鼎，評論家期待識力能透徹鸞鑑之冰，兩者都需要一犀靈光與雙眸慧彩。所以我對這七篇評散文的論文所給予的知己感受與熱烈回響，就像觀賞了七場縷金流黃各出心裁的時裝秀。

例如東海大學許建崑教授說：「黃永武先生的生命閱歷，確實走到合道與奇趣的境界。」哇，這一語豈啻是尋常捧場的話，言不虛發，根本就直剖我努力了一生而不知其所自何來、將往何去、如夢如詩的心靈世界。

詩的奇趣來自「反常合道」，這話原本是蘇東坡說的，我替東坡作解釋，像「黃葉打人風滿船」，黃葉怎能打人？是反常。但有了勁風，所以黃葉隨風可以刷刷打人，就合道了。落葉打人便成了秋日的奇趣。又像「東風也解留春住，故遣蛛絲網落花」，東風怎能曉解留住春光呢？是反常。但能差遣蛛絲去網住花瓣，就合道了。至於東風是否真能差遣蛛網去挽留落花，那是純屬主觀認定的癡想，因而誕生了惜春的奇趣。

這合道與奇趣與我的生命閱歷有什麼關聯呢？我自己從沒如此想過，經他一點出，我的一生，原來真的就在這句「反常合道生奇趣」的話裡開花結果呢！

我不是敦煌專家，卻著手編《敦煌寶藏》，是反常，別人都替我捏把冷汗，認為最多是剪刀漿糊貼貼而已，哪知道我把數千號難以查明的無名斷卷一齊考出了經名，多少專家耗一生在夢想的事竟實現了，就是合道。煌煌一百四十鉅冊，大功告成在我手上，當然是奇趣一樁。我不善於英文，卻帶著全家到美國康乃爾大學客座一年，是反常，別人怕我會迷路，居然遊徧全美名山大川、通都大邑，就是合道。將不可能都變成了可能，又是奇趣一樁。我在成大任文學院長三年，想離職，原任校長堅決不准，但到了八月底，原任校長自己榮昇離職去也，我才有機會脫身，惜時日已晚，安排不及，就在臺北找一所迷你學院任教，我的好友們個個不以為然，認為我不合世情，是反常，當時聽說只有哲人王邦雄教授認為如此安排「其實也不錯」，等到我安心讀書，並努力寫作，發表連連，不安排也可以變成最好的安排，就合道了。在散文界能自闢一條蹊徑，讓哲人沒看走眼，又是奇趣一樁。退休後別人都說「上半輩子如何過，下半輩子就如何活」。而我卻喜愛移民遠遊，別人看追逐離鄉背井的飄泊生涯簡直反常，而我浮海以來，博訪遠諮，恣其心眼，窮其歷覽，令研究寫作的天地無限廣闊，也就合道了。天天起念於亂泉聲裡，寫書於黃葉林間，松風蘿月，又是奇趣一樁。一生千百事，單舉這四例，就證明評論家們的眼光犀利，手工巧縫，確實能將平凡的葛布錦緞，都剪裁出凝花斂黛、彩雲一般的衣裳。

有這「內在」、「外在」的兩種動機，決定寫成這本自我的文心素描，一方面酬答現代文學研究熱潮中的眾多評論家，一方面覺得此生大部分處在事繁任劇的境遇中，如何精進不怠，終生學習，對後學或許有些激勵作用吧？

就在我提筆寫序的當天，北美報紙的頭版刊出一張臺灣婦人騎摩托車的照片，婦人右手抓住龍頭把柄，正按著油門行進，胯前置一小籐椅，椅上的小女孩正伏在媽媽胯間沉睡，婦人只以左手按住女孩的背，母親的左手就是女孩安全裝備的全部。如此景象是亞洲街頭司空見慣的，居然驚動成為北美洲的頭版照片。他們大吃一驚，而我們看他們沒事大驚小怪，這其中就寓有「遠遊讀大書」的一個章節。

這其中寓有珍視生命可貴、珍視孩童權益，這些，可想而知。更深一層看，原來北美洲的人都不以摩托車為謀生的交通工具，工人再窮，上班也用舊汽車，而摩托車都是重型駕照，引擎巨響，以展示其懷念牛仔的狂野，乃屬於生活品質與個性品味的炫耀，皮夾克、皮褲、安全帽，停停當當都是整套的特殊配件，是時髦形象，與臺灣作為實用工具，在認知上落差很大，這層生活背景，也是他們驚訝的由來之一。

我又想起曾讀過大陸的順口溜，其中有一句問加拿大男人，為什麼個個喜歡戴棒球帽？對呀，加拿大人都著迷冰球，沒幾個迷棒球的，但隨手都戴上棒球帽。為什麼？這問題亞洲人是想煞也不得其解的，來此生活久了，我才發現加拿大緯度高，陽光很少在頭頂正上方，秋日陽光與地平線成四十五度角，到了冬季更低斜，只剩三十度角，大部分時間會平射過來傷你的眼睛，必需一出門就戴前沿寬大的帽子，並必備太陽墨鏡。這帽子與墨鏡乃是他們生活實用所必需，和亞洲人視為時髦形象，正好相反。這地球村已將彼此距離縮小至此，旅遊又如此方便，但地域種族之間的相互了解，仍不是走馬看花就可以一清二楚，處處都是「遠遊讀大書」的小章節。

我既然樂意終生學習，又認同遠遊可以讀更加多貌的人生大書，通過閱覽博物，可以擴大關懷，才不至於困窘在狹路上寫陳腐的主題。於是沼沚不夠看，就要訪河海之遠；丘壑不夠看，就要探宇宙之大。天下的新知不盡，生活的美趣無窮，於是我將「好句在天涯」作為本書的書名。

黃永武

寫於中華民國一百年十一月

好句在天涯

我怎樣寫散文 目次

1 學文的初衷

我愛文學，究竟因種何時？緣起何方？在懵懵懂懂的童年是找不出什麼線索的。那時機伶爬樹則有之，用功讀書是沒有的事；成績平平則有之，品學兼優是沒有的事。小學的前面四年是打仗搬遷，山鄉城市，不知換了幾所小學，後面二年抗戰勝利回到上海，就著迷於出租「連環圖畫」的書攤邊，對繪製漫畫的作者誰的造型俊秀、誰的憨厚都如數家珍，內容是些「大刀王五」、「大俠甘鳳池」之類，根本不知道升初中還需要入學考。

雖然也有一次寫過兒童節乘電車受氣的文章，登在上海《正言報》的兒童版上，導師張旻看到了，將我摟坐在他腿上，說了許多鼓勵的話，但那文章絕無早慧的跡象，和後來學文的因緣毫無牽連。

初一上學期政局還穩定，下學期因中共攻占上海而提前結束。初二上學期到鄉下學校去讀，常常扭秧歌，每週有小組會，月月有鬥爭會。學期結束時學校配合軍方誘逼大家去讀抗美援朝的「軍政大學」，三個月可畢業的少年兵就上前線。不得已，初二下學期就休學在家。到民國三十九年底從農村逃往上海，得到走單幫的義氣朋友帶領，逃出了鐵幕。所以一九五〇的整年我是在失學的狀況中。

民國四十年三月我由港抵臺，學校都已開學，我繼續失學，而且父兄皆失業，生活無著。當時政府規定，由兩位文職薦任或武職校級者的證明，即可承認你的學歷，所以到九月方插班進入臺南一中的夜間補校讀初三。同班一半是現役軍人，年歲較大，都是流離失學過的青年，人人認真讀書起來，所有的幸福都是在失去以後才會發覺的，上學讀書也不例外。我在失學一年半後重新獲得上學的機會，失而復得，才懂得要好好珍惜。為了生活，白天去做市政府抄卡片的臨時工，抄三七五減租農戶的卡片，抄得手指紅腫，夜間才去上課。此時方懂得分秒必爭，上學原來是如此幸福的事，一改過去不知道幹麼要讀書的蒙昧心態，發憤要把初一、初二幌過去荒廢沒學的課業，一齊補趕回來。

在臺南一中補校的日子，我髣髴完全變了一個人，苦難教會我許多事情，變得成熟懂事。雖然生活窮困，但有了骨氣；雖然眾務繁雜，但一心上進。週日也從不空閒，都去臺南市立圖書館讀課外的文學書，讀到一本莫洛亞寫的《雪萊傳》，這個半神半人的少年詩人有閃光的眼睛，凝視著我，引起我想做一個詩人的志趣。「愛的場景是漂亮女人的戰場」、「愛是要忘了自己而為被愛的人謀幸福」等句子折服我心，久久未忘。書中的女主角之一——哈淚葉．西河——喜歡朗讀，在當時印象裡，一個美女清晰悅耳地朗讀詩，真是樂園世界中最美的場景。

進了臺南師範，有份公糧可以不愁食宿。在天翻地覆打仗逃亡以後，發現空乏的境遇中，只剩隨身的一支筆可以依仗，筆原來就是性命，需要倍加顧惜，就這樣自然往文學境域直奔而去，別無他想。文學不分新舊，我都愛；詩歌不分中西，我都愛。入了大學、研究所，時間分配上雖有古典現代比重的不同，但內心的眷愛依然不分前軒後輊，只要是文學領域，都是我想開拓的、征服的，洸洋紓折，版圖不怕廣袤，行程不怕紓緩，轉轉折折，終其一生去追尋，廣到天涯更好！

進入社會數十年，別人看我一回詩學，一回敦煌學，一回解經，一回又創作，好像門道眾多，滔滔不返。其實我明白數十年仍走在文學的單行線上，景緻似繁雜彎曲，心思仍一直如弦。只是文學天地裡有考據、義理、辭章的不同路程，每段使用不同的行進工具：遇到訓詁聲韻的考據之學，我就得步行，步步踏實，不容蹈虛；遇到群經釋道的義理之學，我就得划舟，涵泳江海，不容急躁；遇到寫詩作文的辭章之學，我就得飛航，淩空超絕，不容憑藉。海空多采多姿，徑路紆迴百折，奔赴前進的文學大目標是一致的，皆屬此生文學之旅的單向行程中海運、陸運、空運的載行工具變換使用不同而已。

2

談談五十歲寫散文的起因

我正式專心寫散文，要從梅新邀我寫「愛廬小品」專欄算起，是民國七十八年，在陽明山添置了個人工作坊——愛廬。當時過了五十知命之年，我想唐代詩人高適，相傳也是「年五十始學為詩即工」，不是到五十歲開始初學，一學就工。三十五歲的高適已寫了〈燕歌行〉，至四十一歲與三十一歲的杜甫、四十二歲的李白同登吹臺放歌，早有不少詩篇，只是待五十以後，個人的「自因」與身際的「外緣」，緣會成熟，方以詩知名於世。

我寫散文的「外緣」方面，另在〈寫作有賴善緣〉一節中詳述，至於「自因」方面，人過了五十歲，所謂「五十知天命」，是上天要你對生涯重作檢視的重要階程。

知天命是知什麼？就是恍然明白上天發給你的是什麼牌！也許一出生明明手執好牌，KQ不少，到了五十歲，檢視滿手的好牌竟被打成焦爛了，真是可惜可悲。如果是一副壞牌，儘是些小3小6，檢視到此刻，已打到儘量少扣分，真是艱苦備嘗不簡單，欷歔之餘，亦差可自我撫慰。若是能夠將壞牌堅持到最後還打贏，從不可能中打出可能來，喜從天降，那真可告慰自己及家人、祖先了。「知天命」的可貴處，就是要你在上天所發給有限的牌點內，盡力去打出最佳成績！

就我的「自因」來檢視五十歲的半生，上天發給我的是好牌還是壞牌？早年總自認是副壞牌，十四歲逃亡來臺，那半年失學期間，大哥在忠義路開了一家「古都」小吃店，招牌是我漆的，我在內做「跑堂」，端碗抹桌之餘，也學會做酸辣湯、酢醬麵，那時家家戶戶還沒冰箱，所以也知道豬肝有點異味，就混些蒜瓣炒炒。家庭連唸中學階段都無法支持。上了大學，唸東吳中文系想找家教也少人聘用，有次去應徵家教，按了人家門鈴，忽然想到主人家是榻榻米，進去要脫鞋，自己的襪子早是「空前絕後」難看，就趕快轉身牆角後去脫掉襪子，再轉回頭，別的應徵者已先一步進去了，直等到那人出來，主人就告訴我說，已經聘定剛才那位了。唉，類似如此酸苦的日子過了近二十年，如果含金湯匙出生者是上天給了好牌，我這生活無著穿破襪的窮學生當然是壞牌。

但從三十四歲完成學位後，至五十二歲卸下行政工作，這二十年裡，工作過量，日夜勞勤，心中念著虞翻在戰鼓戎馬之上註《易經》，念著曾國藩在十萬貔貅之間寫文章，掌握僅剩的零星時間，寸陰是競，不斷寫書，收穫也算豐碩。一副壞牌到五十歲似乎已打出些成績。自忖上對國家社會，下對友朋學生，大體上都對得起了。只是眼看中年的精華將過，力隨年減的晚境冉冉而來，覺得自己有點對不起自己，那盤鬱在胸的辭情文采，長期被行政事務所壓抑，隱隱躍躍，像被堵住的一長列聯鑣接軌的車馬，苦無一展筆力可供奔馳的大道。

這時經梅新一催促，蔡文甫、瘂弦、劉靜娟諸位主編同相招邀，我也恰值擺脫了俗務的韁鎖，自放自適，於是大量散文的誕生就找到了出口的機緣。一開始寫的文章有些生澀而骨格未成，有些冷僻而深淺不宜，漸漸地就愈引愈出，所寫竟超過了一千篇。

在寫作過程中，我發現自己有一些優勢。例如小說家兼詩人大荒從黃山回來對我說：黃山上刻有「立馬空東海，登高望太平」十個大字，題署者人名已被挖掉，中共旅遊所希望能查出題署者，設法補刻回去。我雖沒有登過黃山，但是我知道寫此每字六米見方大的是唐式遵司令，便寫了〈黃山的大字〉發表於〈聯副〉。師大的張素貞教授見到我就說：「能查出寫字者是誰，真不容易！」我想偷笑，這題署者要到哪裡去查？哪本書上會有？專責其事的黃山旅遊所都無從查起，沒登過黃山的我卻偏能知曉，完全是仗父親於民國三十三年夏天登過黃山，因為父親一直與我同住，在我耳邊繞呀繞的黃山之旅至少一百遍，我自然可以想起來。

又如我在〈油條的聯想〉裡，說油條發明於宋末，原名「油灼檜」，是「油炸秦檜」的意思，又談及民國十幾年，浙江省長張載陽夢見岳飛滿身金甲來報告說：秦檜要逃走了。這故事也挺有趣，民國十幾年的事我還沒降生，居然也曉得，當然是父親生前口述時我聽了就難忘的。

再遠些，談清代科舉，我知道考場中央祀奉「有冤報冤」的神靈是張飛。這在哪本書裡都沒見曾有記載的，也是父親幼年時，由家鄉附近中了舉人的陳世垣告訴他的……種種的軼事趣聞，當下筆需要時，常冒了出來，像筆塌交兵時冒出一支友軍，及時助長聲威，而產生了收功的力量。

仔細想想，完全是因家門清貧，父子相依為命，我與父親同住了四十餘年，承襲了他大部分精采的回憶，使自身記憶的觸鬚延伸到了清代去，在別人是萬萬尋覓不到的答案，在我是早存腦海。當然，這不是供我賣弄用的，而是切實關連著多方面思考寫作用的。

檢視至此，我才覺悟，小小的年紀就跋涉了幾省廣大的山川，童年在戰亂流離間的各種見聞，原來都是後來文心的寶庫。嫩嫩的腦袋就融入了父親久遠的記憶，青年時期受多少酸苦打擊的生活歷練，原來都累積成後來寫作的資產。生不逢時對愛文學的人來說，未必是壞事，可能是上天特設的獎額。

我的生命因與父親久住，髣髴比出生之日向上延伸了三十年，現在又有幼子相伴，隨著他進入電腦及動漫的世界，這幾乎是闖進了七十歲以上人的禁地，我竟尾隨逍遙，保持知覺的開放，吸收少年的創造活力，髣髴比該活的時代又向下挪移了三十年。我若不寫散文，不明白自己的優勢竟在這裡，原來上天發給我的牌，不是壞牌，而是好牌，其中小老二還是王牌呢！

3

觸發寫作的動能

寫作究竟是為了什麼？每位創作者的動能大不相同：

一位美國老導演說：「在倒更多糞便在我同類的頭上前，我不想死。」他創作電影的目的是扒糞，抵死方休。

蘇聯大作家高爾基說：「寫作是我戰鬥的事業，為了給敵人狠狠的打擊！」他把打垮敵人的寫作目的常掛在嘴角。

這兩位的動機出乎負面的情緒。

大作家羅曼羅蘭則說：「寫作的動機是需要，內心的需要。」如此的答案比較合乎多數作家的心聲。只是在內心不吐不快的需要裡，仍大有區別：有自身被現實的打擊逼到死角而不吐不快的；有旁觀人世因果相反，不平則鳴而不吐不快的；有內心承受戀情壓力，要死要活而不吐不快的；有基於個人自我表達欲望的漫衍，切盼別人看見自己而不呼不快的；有基於人權自由，受良知熱血的鼓舞而不呼不快的；有為環保、為動物受虐自覺理由堂皇而不呼不快的……

動能分析起來，有出乎負面情緒的憤怒、反抗、報復、焦慮、頹廢、淫蕩，也有出乎正面情緒的熱情、正義、善心、感恩、自愛、分享、信仰等等，當然也不是可以完全兩分，各有需要，時或混雜，兩者都可能產生好作品，作品的意味當然不同，有的酸苦，有的甜爽，有的潑辣，有的溫馨，有的灑脫，有的奇幻。

若檢視我自己的寫作動機，好像是隨著年歲變異的，少年時的動機是磨琢筆墨以造就自己。其中免不了希望作品誕生魅力，吸引異性的青睞。中年時的動機是搶救自己的平凡化，努力寫作是反世俗化的一種救贖。到了晚年寫作是想將內心的寄託與經驗作為自娛及分享娛人的樂事，以贏取滿足。表面看來似有階段性的不同，但骨子裡是想增進自身的價值感。在增進中獲致快慰與榮譽感。若再濃縮成兩個字，便是：自愛。

少年要想造就自己吸引異性的青睞，必從自愛做起，愛文學者的最佳自愛方式，就是努力寫作。中年要想搶救自己的平凡化，是嚴峻而艱辛的，面臨四十五十而「有聞」、「無聞」的關卡，是「有成就」、「沒成就」的分水嶺，一蹉跎就落入孔子「已焉哉」被淘汰的感嘆。這時父母、師長、老闆、好友都沒一位可以搶救你，除非你自己。怎樣不容許自己停下來故步自封，安於庸常，時時策勵自己、警醒自己，再奮發，再衝刺，不怕新領域裡從零開始，愛文學者就該突破瓶頸，強化寫作，那也全是為了自愛，自愛的呼聲成了內心的需要，並且十分猛烈。

到了晚年，名心利心，都淡去了，只想把寫作當做自娛與娛人的節目。風霜已過，幾乎有了定分。

想想上天給我的條件就這麼些，該做的都盡力去做啦。一路的勁風愁雲，到此刻全化成雨後鮮明的彩虹。倒是感恩之心，並不隨年歲的蒼老而萎謝，反倒紅曳綠漾，比往昔更撼動我心。數數此生中的些微績效，全仗許多人的鼓勵幫助，有人願推我上去，把他的肩膀借我踩；有人願拉我上去，把他的手垂下來讓我接，我躋上每一步，都是別人噓寒問暖布施奉獻才墊升上來的，因而到了晚年，最怕愧對一生中愛過我、關心過我的人，我除了以一支筆勤快去寫，已別無回饋的方法了。

寫作本身真的是最佳的自娛方式，施耐庵臨到晚年把《水滸傳》寫下來，他的心情是「成之無名，不成無損；心閒試弄，舒卷自娛」，我也很像他的心情，寫作如果不成功，那過程就是享受，也沒什麼損失。如果有些成就感就可提升自愛的價值，所以可作為自娛。而且寫成刊布後的分享，即是回饋他人愛心與關心唯一能做的事。縱使那些人已經過世，只要筆下留存他們的影子，讓他們雖死猶生；即使不能一一明寫徧列，只要我還在寫、還在進步，還在對社會大眾有些貢獻，就是對這些隱姓埋名的恩人一種報答，他們最希望我如此做，我去做就不算辜負，也可稍稍撫平我內心的愧疚而自覺安慰。所以詳析我自己不同階段寫作動能的核心，都是自愛，自愛造成了內心不停的需要。這自愛的動能，就不須像高爾基要有對手競爭，更不須像那扒糞大導演的攻擊報復。

當我晚年時才想起來：杜甫白首苦吟的〈秋興八首〉結尾處，也像檢視一生的際遇似的，居然將自己天風吹海怒濤橫飛般的寫作熱情，歸結到「佳人拾翠春相問」來，佳人的姓名也可能記不得了，佳人的面容也可能模糊不清了，但當杜甫的自我價值在佳人眼神口吻中反映出來，佳人是如此敬重愛惜，聲聲慰勉，期許你的文才將來必帶來奇跡般的成就。一句句細聲的讚譽與關切，令他拳拳於心，萬分感恩，綵筆到老不放下，也是將自愛化作寫作的動能嗎？

4

給初寫散文者的建議

首先我想建議的就是：想寫就立即開始。只要開始就不會嫌晚，我到五十歲才專心來寫，你怎麼會晚呢？千萬不要自以為我能寫，但現在還不想寫，這種自負最耽誤自己。愛好文學的人個個自負得奇奇怪怪，你必須明白：自負常是安撫自己這個傻瓜的緩和劑。光有自負不算數，必須要有寫作發表的行動。就算你自信有極高強的本事，也僅是你自我的衡量，別人不會以你自我衡量的腹稿計畫來評量你，空談腹稿大計畫沒有用，展示一屋子藏書也沒用，翻開書本炫耀上面有多少讀過的紅槓更沒用，不從寫作上表現出來等於零。全世界都不會以你的自負而瞪大眼睛來估量你，只以你行動成果所表現出來一篇篇作品來衡量你。

其次是先寫自己熟悉的東西。寫不熟悉的東西，一寫就會露出自己無知的馬腳，成為笑柄。你若認為自己只熟悉家居日常的自我小敘述，缺乏家國歷史的宏觀大敘述，那是無妨的。「微觀」、「宏觀」並不是評量散文高下的標準。明末能一改天下文風的侯方域曾說了幾句重要的心得：

行文之旨，全在裁制，無論細大，皆可驅遣。當其漫纖碎處，反宜動色而陳，鑿鑿娓娓，使讀者見其關係，尋繹不倦。至大議論人人能解者，不過數語發揮，便須控馭，歸於含蓄。（〈與任王谷論文書〉）

可見散文對宏觀大敘述的「重要事件」只宜點到為止，控馭在數語之內即可。對生活細節及語言細節，反倒要「動色而陳，鑿鑿娓娓」，鑿鑿是一筆筆細工刻畫鮮明，娓娓是生動得不厭其多，「動色而陳」是利用各種動態的、感官的把捕捉到的意象活躍呈現，你所熟悉的日常生活中的人與事，也可能就是別人也一樣熟悉的，人與己相互之間有著密切互動關係，因而讓人尋味不盡。若你能從別人習以為常的事物裡，用審美的眼光或特殊的洞察力，發現美，發現善，你將此記憶中仍在活躍的小事，用文字悅意地描繪，必然容易喚起讀者在自己的人生中也同樣發現，因心靈的參與分享情境而感到愉快，這普遍的發現，就不是小敘述小思考，而是大真理大價值了。

第三是為樂趣而寫。你如果認為寫作很苦，搜腸嘔血並不能化作樂趣，那就別寫。挑自己不願挑的擔子，再輕也感到十倍沉重而不願負荷，性向不近就不要勉強去從事。如果認為寫作很樂，樂趣變成了工作的核心，就不會疲乏，那麼就去寫。

如果你覺得有許多內心的生活感觸想表達出來，像母雞彆了一肚子的蛋，有慢慢地一一誘導它生出來的需要，生蛋是母雞的天性，也是母雞的使命與需要，不計是甘是苦，奉獻出來與人分享，就給予自身的生命以豐富的意義。作家也天生有此日復一日不怕婦產之苦的母雞性格，作家的樂趣，是由其天性與熱情，與創作的使命感完全融合，因而也增進其自身的價值感而獲得的，寫作只是為了悅己又悅人的樂趣，樂趣之外不求其他，那麼你就該去寫，終身無悔地去寫。

我在寫作中找到了安身立命的自在樂趣，我的樂趣比其他作家稍稍多了一點猜謎般的好奇心，天天追索尋訪，希望觸情感會，在日常事物裡，找到一個小小的切入點，印證平日所學，看到獨悟的東西。可以說是長期準備好守候的習慣，頭腦的靈犀一直在「開機搜索」的狀態，不放過那「偶然觸發」的一瞥，電光火花般一瞬間，快速抓住它，拈出來，「犀然一炬障煙開」，獨悟的解謎自娛樂趣不是常人能享受到的，所以一有收穫好的知識，就要傳布分享。

第四是大膽嘗試、細心潤色。你們如此年輕，年輕的可貴就在勇於嘗試，解構、出位、乃至心靈狂野，都不妨試試。一開端也許寫得不怎麼樣，只是一些浪花泡沫，也不必灰心，未來成為大江洪流時，大江洪流都兼容著浪花泡沫，不但於巨流無損，這些浮面的碎浪漚紋，反而增添巨流向前滾滾時的氣勢與壯觀。剛開始就一步到位的人很少，不必急於速成。下筆後注意修飾、注意精緻，多多修改、撤換，甚至放棄丟開重新開始，難纏的題目重新開始五次也不算多。到謄寫時是最細膩的修飾時刻，詞彙的和諧、前後的呼應，一個精準恰好的字，和一個差不多意思的字，兩者高下相去十萬八千里。古人有「一字之師」，就是因為一字修正後，神光所聚，整句通體皆活，不得不教人心服。一個作者於字斟句酌間，必須用心挑撿，並強化對字形、字音、字義高度的敏感性與辨察力。

第五是堅持下去，突破昨日。如果你已把寫作當做最好的工作，亦即是天下第一等樂事，那就須堅持下去，堅持可以累積能量，拉拔自己在文壇上常青地存在，也在讀者心目中積聚長久存在的印象。但堅持下去必須靠不停地突破昨日，不重複自己，才有堅持的意義。否則繞同一個圈縯，寫相似的內涵，堅持只為了在文壇上露露臉，應景意義大於寫作意義，紀念意義大於藝術意義，那就完結了！不再有所突破，寫了等於沒寫，同樣淪入失敗的作家。

要新的突破，不重複自己，必須腹笥廣、眼界大、生活底層厚而思想新，才能百尺竿頭，再進一步。所以寫作須要不斷學習，學然後知不足，時時了解自己的不足與匱乏，求有產品運出，必須有原料運進，學習就是後勤補給。生活是寫作的重心，觀省自我，廣覽四周，讓生活多樣而精采，使文不褊狹，而覺得寬；生活只看到現存的東西，所以要保有歷史感的縱深長遠，使文不膚淺，而覺得深；生活只看到具象的東西，缺少抽象的想像，所以要濟之以哲理性的玄妙圓融，使文不低俗，而覺得高。寫作是智慧的創造工作，也不能完全憑空持久，才華與學識都得靠勤勞與毅力的輔佐，有志者就堅持寫下去，那怕是寫竭了千古的英雄血！

雖然卡繆說過：「生命是徒勞，意義僅存在於堅持。」我想：生命是不是徒勞，那是神的事，有意義的堅持，才是我輩的事。而成功的快樂來自堅持過程中付出的多少，未必是計算結果的收穫多少。芸芸眾生都以為自己在運用思想生活，其實只有少數人如此，作家應是此少數人之一，管他名聲大不大，置文名於度外，只要自覺運用的思想已在創作上有了分量，就不虛此生了。

5

散文的命意與辭采

初寫散文，面臨的就是內在的命意與外在的辭采。

西方文評家可樂瑞奇說：「散文文體的文字，是原本要表達的意思，如果這文字本身尚具吸引力，一般來說就是缺點。」

他認為散文主要在表達意思，文辭切忌華麗。這和林語堂的觀點「用家常文體的作家，是以真誠的態度說話」有些相似，他們都是重視質樸真誠勝於文采裝飾的人。可是如此來評斷散文，完全無視辭采在散文中的作用與價值，把美文修辭視為缺點，把文字出花樣看作人品不真誠，可能太偏執了。除非這散文想表達的意思很有限，毫無新創之處，語言一旦直白清楚，貧乏膚淺的內涵就見了底，只拿些美好的文字來裝扮，來遮掩，把文字當作調弄戲耍的玩具。

但如果我們認為散文的高下，全在文字美飾的技巧，那也是另一種偏執。辭采潤色當然是一種美感的享樂，讀者在觀賞你傳布的高明意思時，能同時享受作者韶華秀出的風格，是令人沉緬的讀書樂事。但辭采潤色畢竟是屬於形式與技術層面的東西，必須配上相當的內在深度才撐持得住，若內容不足，只氾濫辭華，空架子撐不久就令人疲倦。莎士比亞在《第十二夜》中說：「善於在字面上翻弄花樣的，很容易流於輕薄。」試看今日中文電腦書寫盛行以後，同音異義的故意錯別字，俯拾即是，遂令巧取字音雙關的修辭格法大大流行，正如莎翁所料，其中十之八九是輕薄弱智得令人厭倦的。我這樣說，也不是要抹煞「字音雙關」的修辭法，妙的佳例對不喜動腦者施以攻擊並震撼出新，也成為醒目生動的部分。

以寫成一篇散文而言，我還是認為首要是命意深長，次要才是文字新麗。就像模特兒時裝秀，則以衣裳的時尚推介為主，臉蛋上的表情都不准有，就要你的目光集中看衣裳，衣裳就像辭華。但若選美人，當然首重在人物容貌的格局風韻，談吐內涵，這就像是命意，衣裳華麗自然是次要的事了。我們對一篇散文歷久難忘的印象，應該像對一位美人的藐遠懷念一般，不重在裝飾的睫毛或新裁的時裝，而是青眼垂垂所代表的內在心意吧！

當然，我如此主張也會有人不同意，因為每人的判斷都和他自身的偏長及當代主流的價值判斷有關。像我愛好知性散文，入理主議，總重視寄興的韻度、內涵的質地，希望所造之議、所主之理，能高深明白，所以推崇智慧命意，將藻彩縈紆放在其次，也不是不重視。但有人就只愛美文的藻豔，將知性散文一筆抹倒，其身居衡文選篇要位時，對時風流行也有一定的影響。這就如胡震亨所言：「持華者質反，好麗者壯違，人得一概，皆自名所長。」（《唐音癸籤》卷六）得一概必自名所長，偏執就是如此造成的，持華好麗者要公正看待知性散文也很不容易。

怎樣在辭華方面衒采爭奇，我已寫過一本《字句鍛鍊法》，以文句修辭的效果來分格法，希望能提供寫作入門者實用的助益，不想在此再饒舌了。後來又寫《中國詩學》，詩與散文在辭華上的修飾，幾乎完全共通，構思聯想方面，古典詩中也早有佳例可供借鏡。

當今領著風騷的美文，大抵是借重現代詩的修辭法，運用進散文來，令散文面貌增添生氣，與三十年代、四十年代的散文一比，那時的文字太淺、技巧太舊了。這些現代詩的技法，我在《中國詩學・設計篇》中論及〈反常合道與詩趣〉一章，其中「不用日常語言習慣的聯接法」及「在詩句關鍵緊要處，改變關鍵字的詞性，以達到詞性被活用的目的」兩節，和〈意象浮現〉一章，其中「故意將接納感官交綜運用」一節，都早已點出。現今美文的技巧，皆可舉一隅而三反之，諸如：

「詞性移位」，主詞與受詞的作用位置互調一下，改變日常語言的習慣聯接。寫成「每一步後重出的小徑」（二〇一一年諾貝爾獎瑞典詩人托馬斯・特朗斯特默句）。

「感官錯用」，鼻子聞出眼睛看的顏色，也改變日常語言的習慣聯接。寫成「花草灰暗但氣味翠綠」（托馬斯・特朗斯特默句）。

「詞性活用」，抽象的詞性拿來作實用名詞用，實用名詞亦可作形容詞、動詞用，改變詞性的固定習慣。寫成「我從未料到她竟會棄我於這憂鬱的假設語氣」（美國詩人貴格・莫思句）。

「矛盾語法」，在短距離之內兼容兩個相反的詞彙硬是聯接，造成矛盾。若將距離拉遠就成翻疊句法。寫成「廣播沉默的揚聲器」（托馬斯・特朗斯特默句）。或寫成「正占著優勢的見解，其實是已在沒落的一代的見解」（提斯賴利句）。

「量詞創新」，量詞是中國語言所特有的，也是西方人學習時較難的部分。我們說慣了「一張紙」、「一匹馬」、「一頭牛」、「一條魚」、「一隻老虎」、「一個人」、「一碗湯」、「一場雨」……量詞繁多，大抵約定俗成，有所固定。詩人故意寫成「一牆浪」就創格新闢。或有寫成「昔日一撥撥的淘金人」者。（詩人鄭愁予句）

明白這些技巧後運用於散文中，希望你能寫出既有內涵而筆法亦較為新美的句子，例如：

你一杯一杯又一杯地喝酒，酒再將你一齊喝掉。

一條魚釣走了垂竿者五個小時。

執拗的你並非擁有意見，是意見擁有了你。

她的眼光裡有一條千年不解凍的冰河。

太陽與朝雲演出金色的大合唱。

一場秋雨抹拭後，天空玻璃起來了。

早慧的人常被順境樂境庸俗掉。

快樂是工作的小偷。

寂靜是真實的媽。

式微的日光在田野上傾灑夕陽的憂鬱。
是我但並不是我。
每個人都很恨我，因為我到處都被喜歡。
最需要愛的是不可愛的孩子。
一城雞喧嘩起來向殘月告別。
嚼著一身苦澀的茶葉，渡過其餘年。

我寫散文並不排斥此種技巧，偶一也曾狡獪地使用，增加句子的吸引力。這類技法都是存心要跳出日常語言聯接法的窠臼，激發耳目的新穎感。

運用此類修辭來強化辭采，需注意兩點：如此故意扭曲句中詞彙的邏輯規範，使其不按語言既成的舊軌道，而進行新的結構時，必須考慮詩中被允許的，在散文中未必也允許。例如：

妳的大眼睛，笑與哭著一個美夢的謝意。（法國詩人魏崙句）

寫散文時不能完全依循詩人式的情緒的內在節奏而跳躍起舞，散文是循序以進的散步，所以這在詩中可通，但在散文就可能變成不通，千萬不要「杜撰蠻做」。

再則詩句中運用轉變詞性等技法，精神全集中在那活用之妙上，已經具足。而散文不能單靠一個活用詞性的字而宣告完成。例如：

有個破了的藥罐子／裝的仍是／老房東的咳嗽。（詩人商禽句）

把「咳嗽藥」的名詞，改變成「咳嗽」的動詞，詩句的美已經完成。「咳嗽藥」的氣味原本是供鼻聞口嚐的，改變成「咳嗽」是耳聞的聲音及肩胸震動的觸覺。改省一個藥字的目的，只重在感覺，不重在涵義。就涵義去理解：咳嗽指的就是咳嗽藥，咳嗽藥就是為了治咳嗽，並未增多，所以它不重在命意的理解，只重在記憶的觸動，只重在激發一笑的愉悅感覺。

寫散文則不能全賴修辭的技巧，偶一使用可能成為警句，處處使用就不能讀下去了。散文必須配以有深度的涵義，不要詞勝於理、文勝於質，陷入詞盛理弱的負面評價。詞理兼美，文質彬彬，才是追求的勝境。

6 再談命意

「命意」是指「寫些什麼」。在散文領域中，並沒有該寫什麼、不該寫什麼的約定。自由表達就是全部的約定。如果你認同文學乃是生活中具有重要價值的話，文就是「錯雜」，也就是自由多元，那麼便應該尊重自由的表述與多元的內容。

一篇散文既經命題，此文的「命意」就得對題表述，不可以文不對題。題目若太窄，那你就得籌思從哲理歷史等方面廣引開去。例如臺灣曾有外交部長以方言「捧卵葩」罵外國，搞得全社會都喧騰起來，我就寫〈捧卵子過橋〉一文稍作議論。這題目狹窄而輕佻，似乎沒什麼內容可下筆。

我就從兒時記憶中的吳語方言說起，鄉野村俗的人為什麼常把「卵」字掛在嘴上，是因為農民最關心植物種子的繁衍下一代，植物、動物、人皆不例外。這就帶些哲思了，再從歷史宗教上說明出典，至今尼泊爾山野小廟的牆上，常畫著陽物神像，不是「廁所文學」的下流，而是千年以來「自在天」神的「天根」，全國人都公認世上一切有趣的事，皆由此滋生，而一同敬奉著。如此「命意」採取「以理勝情」的思路，使原本粗魯直露的題目，寫來仍不失忠厚，一返雅正。

題目如果太偏太險，不易站得住腳，那你就得抱緊題目，縝密專一地切緊地鑽，死中求活，目無他顧，亦會產生快意唇吻的效果。例如舉世都在哀嘆懷才不遇，我立意寫篇翻案文章〈懷才不必遇〉，這題目很容易引來噓聲。

我就從觀察家中烘碗機說起，日常在用的碗之外，常有不少「陪烤」的盤盞，長期處在「備用」狀態，不可能每次「徧陳其器」，於是引申出「懷才不是必然會遇」的立論，然後將懷才不遇者該有的心理準備一點一點分列，最後以遇或不遇，不必全操在他人手上，也可操在自己手上作結尾。辭意將「懷才不遇」的激烈，溫和下來，也不忘勉勵之心，讓讀者驚訝如此題材竟還有如此想法。

一位作者原本不該談論自己的文章，就像母親在人前一直誇示自己孩子的「譽兒癖」是不體面的，只是演講的題目是「我怎樣寫散文」，全不舉列也文不對題。而且我舉這兩篇文章，目的是要引出如何「命意」的下文。

我認為「命意」不外乎涉世經驗、歷史感、哲理性三個重點。涉世經驗是去讀社會生活這本大書，在交際來往中吸收心靈真正悸動的生活體驗，多方接觸，使散文具有廣度，著眼點在人情景物的美；歷史感是從人生縱面觀察，多讀書冊，尊重事實，從而吸收人物情事原始本末的知識，透析其因果循環的規則，使散文具有深度，著眼點在事物興衰的真；哲理性是進行思考之際閃現的智慧之光，也常是人類生存於世的真正價值所在，它是從多用心、多冥想，解釋世界的法則，解脫靈魂的煩惱，使散文具有高度，著眼點在品質高雅的善。

我寫的散文，偏向知性，知性重在感悟，不全是感動，主要不是動人以情，而是動人以思想。所以我談命意，不全重在涉世經驗的動容性，而以生活、歷史、哲理為散文命意時不能分解的鐵三角。前面舉我自己的兩篇文章，也就說明下筆時從生活經驗出發，然後關聯題意，融合歷史事件，從而悟出些哲思。總想使文史哲結合成較為堅實的一體，在難分的三界裡往來自如。知性散文不能抽離這些，不然就有華而無質，有近而無遠，有文字而無靈魂，閃爍不出作者文心的光彩，只剩下滿紙「我……我……我……」的自我陶醉了。

即使現今作家們喜歡抛開宏觀議題的大敘述，只敘述個人自我欲望，採微觀態度。事實上人生每個階段的生活，都有一種生活哲學支撐著才渡過去的。簡樸生活是一種哲理，閒暇生活更是一種哲理，正面積極生活當然更是，人性裡自我欲望的漫衍盪漾是另一種哲理，身處在大千世界中凝視心靈真正悸動並敏銳地感知，從而領會細膩的人性欲望，都有哲理法則不知不覺地存在而指導著。譬如哲學若告訴你泯滅大小的偏見，明白世上的書寫，並無微不足道的事，寫自身的小痛小愛未必就是文學劣品，人性的幽光無處不在，那麼宏觀微觀在散文裡也不需要相互排斥。

即使現今流行的主義，存心要醜化傳統的價值與秩序，以消解正統、顛覆歷史為職志，採納虛擬逆流為其特質，若從歷史長遠看來，從大時代廣角度看來，叛逆思想何朝無之？何地無之？真理之光也只會讓烏雲遮日於一時，仍脫不出興衰浮沉的歷史規則。歷史的教益是讓你明白：自己的行為和別人做過的行為常常如出一轍。歷史提供實驗過的經驗，從而由往古的史例中學到今日如何掌握先機、順應動盪、並透視未來的改變。沒有一種寶貴的經驗，將來一定用不到。所以散文中的歷史感可以有垂戒功能、改進功能及預測功能。

以上兩段，在說知性散文中具有哲理性與歷史感的重要，但並不要你將散文寫成哲學報告或歷史論文。文史的確難分，文學中的事實就是歷史，歷史中的筆法就是文學。深一層看，整部歷史乃是人物的詩，二十五史乃是萬萬千千人物共纂而成的詩劇長卷。但文與史仍然不同，因為文學家自有深層的哲思，是歷史學家所沒有的智慧之光，透過古今的映照，展現自我特殊的文學趣味。舉例來說：勝利者也許可以控制歷史家一面倒去寫，但不能駕馭文學家。歷史家從事業看常常冷酷地對待失敗者，但文學家從人性看常常不以成敗論英雄。多少英雄美人從歷史家看是功業圓滿，但從文學家看他們深心常隱藏一個無法彌補的悲劇壘塊。歷史中許多被破壞的幸福故事，經由篩選塑造，另以優美的形式表達出來，都成了文學的好作品。

知性散文中的歷史感，不是歷史教材，必須將歷史素材轉化為概念，不是抄史書，而是一個能思想的人，以文學心靈來道出其象徵，文學能給人力量，就在這裡，談知性散文的命意，首先要明白這一點。

7 感動與感悟

「如果你不哭泣，如何能寫作呢？」這是一句名言。於是許多作家死命往痛苦裡鑽，視痛苦荒謬為上天所贈最好的機遇，設想自己是逼到痛苦荒謬的地獄才非出手不可的，痛苦荒謬是油源、電源、核能源，是寫作強大動能的來源。

少年時「為賦新詩強說愁」，大概也是虛設情境帶些此類心態吧？我遠離少年時期後，寫作時邊寫邊哭泣，只有一次，是在成功大學任職時，夜晚在宿舍裡，為〈中華日報副刊〉寫母親節紀念文〈母親在亂墳崗〉。

燈下追憶辭家離親前後，寫不到半篇，淚水就滾到草稿上，和墨水混在一起。發表以後，翻開報紙，只想用平常心來重讀一遍，沒料到淚水竟像大晴天忽然雨滴粗大，沒來由地滴滴答答，不由意志掌控，不由生理反應，未觸即發，無從遮掩地奪眶而墜，濕了半張報紙。讓我領會到《易經》說的「泣血漣如」，泣血不是「淚盡繼之以血」，而是淚泉飆出像血管破裂般，飆注得完全不由自主，淚掉得如此特別，不同尋常的灑淚，而是觸動了心靈最深處的壘塊。這就是作者要感動讀者，先得感動自己的一次實際經驗。

少年時期感動感動哭哭笑笑或許沒什麼壞處，但中年的我一感動，免疫力驟降，潛伏的病魔可能乘勢撲上來，隔幾天我就得了蛇纏腰似的一大圈帶狀疱疹。脇下左右鼓起大大小小的泡泡像兩串野葡萄。

當時臺灣與大陸剛交流，我雖忽然罹病，仍必須赴香港出席第一屆敦煌學國際會議，這次會議國際頂尖漢學家都來了：大陸有常書鴻、謝稚柳、季羨林、段文杰、周紹良、周一良、項楚……日本有金岡照光、池田溫……法國有梅弘理、戴仁、賈瑪剋……美國有梅維恆……加拿大有冉雲飛……澳洲有柳存仁……香港有饒宗頤……我有論文要發表，又適逢《敦煌的唐詩》剛問世，正想帶去分贈與會學者。如此百年難得一遇的大師雲集盛會，也是我編的《敦煌寶藏》一百四十冊出齊後，將臺灣的敦煌研究成果展示於世界大學者眼前的好機會，所以我雖罹病，帶病也必須出席。

聽說別人帶狀疱疹發作是痛得不能動彈的，所幸我的泡泡雖多雖大卻不痛，醫生替我胸部用紗布厚厚地裹成甲冑似的，其中裹著刺鼻的藥香，我就不管鄰座者是否皺眉掩鼻，搭機去了香港。

在飛機上我想起中國詞家勸告的：「從今詞賦須少作，留取心魂相守。」也想起西方作家勸告的：「打算寫作嗎？那是致你於死地的最佳方式！」古今中外，所見略同，寫作在某個階段是不怕奪命的玩意兒！太感動會斲傷你的免疫機制，病毒就環伺在作者的身內身外，蠢蠢而動，而你全神寫作竟毫不知曉呢！

飛機上我又想起被王漁洋評為「清初文章第一」而遠近皆無異議的侯方域，寫的詩文傳記，篇篇淋漓震盪而感人肺腑，結果三十七歲就過世，享年不永，寫作也難以大成。想著想著，就勸自己道：「太感動的文章不好寫，寫了對自己的身體也不好，好不寫就不寫，好吧？」中國向來視寫呼天搶地的文字為不祥不壽的徵兆，不主張哭著寫作，才子短命，這話可能不只是迷信，亦是醫理吧？

一方面是疾病所賜的啟示，一方面是年歲稍長了，儘量多寫些感悟的東西，少寫感動的文字。年少時的作品，只要自我的熱情導引，就可以循江蹈海，神來如飛。年歲增長，明白寫作單憑自我的熱情，要想情致纏綿，難以久持，也不易致遠。西方的艾略特說過：「過了二十五歲還想繼續做詩人，歷史感將是他必需的條件。」可見年歲確實會轉變寫作的內涵，所謂「歷史感」就是偏重感悟了。

這就像少女的愛情，一派純真，如詩歌、如薔薇，是感動；成年熟女的愛情，帶些滄桑的歷史感，便如哲學，如橄欖，不純是感動而往往帶著感悟了。

感動須要澎湃的熱情，所寫是感性抒情；感悟須要犀利的冷眼，所寫是知性說理。好作品可用感性的眼淚來灌溉，也可以用理性的腦漿來灌溉。於是我選擇多寫知性散文。西方哲人說：「熱情逝去，才像天使。」寫知性散文，並不是沒有熱情，而是轉為另一種的關心，幾年寫作下來，體會寫知性散文，是福分，是責任，既能自娛，又能分享，所謂「游於藝」，這游字十分適切，游字也極為豁達，極為明智，享受無窮的抒發之樂時，任你天際迴翔真像天使。

我寫知性散文，還有一個原因，那便是臺灣現今的女性作家夠多啦，都在寫感性散文，讀者編者也以女性居多，私領域的感性細膩描繪甚流行。若想想唐宋八大家，作者是清一色的男性，當時讀者也以男性為主體，所以自然以家國情懷的宏觀議題為主軸了。我是男性，該為今日的文壇保存些不同的吟唱音色呀。

再客觀一些分析：女性天生有傾訴的本領，透過描述細節就釋放壓力與焦慮，適宜寫感性散文，男性如此就顯得婆婆媽媽或帶些娘娘腔了。且西方的實驗已證明：女性的大腦對感情的感覺與記憶，遠比男性敏銳與牢固。女性對帶有情緒性的場景，如屍體、墓碑、禮物、淚人、髒廁所、發怒照片等等記憶深刻。對不帶感情的東西，如消防栓、書架、電線桿，沒什麼印象。男性則沒有此種偏差。所以女性對夫婦頂嘴，可以十年二十年後原原本本重翻舊帳，男性往往細節模糊，轉眼已忘。女性老了會常維繫生命歷史中的友誼，男性老了往往孤獨不相往來。看來男女作家個別性向的偏好差異，起因於男女的大腦組織，乃是造物者的安排呢！

8 遠遊讀大書

散文以生活經驗為基幹，生活中的靈視便是散文的瑰寶。知性散文一樣要從生活出發，為了完成作品，作者常所費甚多，所得甚少，完全不計代價去求取生活經驗。

長期寫散文最依仗的是新鮮的觸角，唯有新鮮的觸角才會帶來靈視的一瞥。從書本上讀來的東西有時會感覺陳腐；從哲思冥想得來的東西有時會感覺貧弱；從生活體驗取來的東西也有時會感覺僵木。當筆下覺得枯竭不夠而後繼無力時，最好能改變生活環境，尋找源頭活水。

作家不要老兜著往日情懷的舊軌跡圈子，專靠反芻舊日的養分作為營生的全部。作家時時需要新環境、新材料、新生活、新感覺、新觀察、新角度、新領悟、新詮釋。寫作到了出現瓶頸窘態時，最好能更換時空場地，更新情懷與見聞，注視新的外界刺激和凝視舊日的記憶做一比較，常成為新一輪汩汩湧出的源頭活水。

我將身處陽明山愛廬的山野新鮮感，寫成《愛廬小品》，再寫《生活美學》時，已經一半取材要靠國外遊歷的新鮮感。兩部八冊書選出四百篇文章後，就明白若要再寫新東西，就必須呼吸全新的空氣，更換全新的環境，讓慣習於四周日常的耳目再度警醒，伸出敏銳的觸鬚，才能不重複炒自家的冷飯，分享讀者以時鮮的新菜單。

遠遊異國可以讓自己讀一冊全新的生活大書，留心生活，又寫了三四百篇散文，想想生活中衣食住行乃至育樂各方面，都隨時有文化衝擊帶來新的一頁。

例如一到加國，明白加拿大的地名街名，都來自歐洲。加拿大是個移民的國度，用舊有地名是移民懷鄉的夢痕，應該是不差的。若比較臺北市的街道都是大陸地名，知道兩者並不相同。臺南市的安平，是鄭成功時懷鄉之作，和加拿大相似，但臺北市並非如此。

臺北市從日據時期的某町某條通，在光復初期即改為某街，當時考慮取街名，可由一二三四或忠孝仁愛排列，好處是依次順序，容易數出先後左右。也考慮將街名覆在中國地圖上，近南門市場則南海路、廈門街。近東門市場則永康街、麗水街。近西門市場則昆明街、成都路。近北門市場則迪化街、酒泉路。好處是到了武昌街，一想中國地圖，就知道離漢口路不遠了，容易識別己身所處東南西北的位置。我看近人寫散文，常拿臺北市街道名做文章，有的說是懷鄉之作，有的說是權威之作，都是後設的，不正確的。臺北市街道名是經光復初期會議商定，以易於識別方向為優選，輔之以四維八德及民生民權民族等，並不包含其他政治性。因為當時金甌未缺，何須懷鄉之作？政府尚未播遷，何來權威之作？我幼時在上海住在溧陽街，常去北四川路、南京路走走，難道上海的街道也是「權威之作」？要上海市民懷念祖國？臺北市的街道名是採用與上海街道名同一種方式，以前報載過光復初期的會議紀錄，所以比較臺北市與加拿大的文化差異時，還須多些歷史地理知識，才不至於太離譜。

我剛抵加國溫哥華，由臺灣籍的仲介帶去找房子，帶了好幾家，屋主不少是臺灣來的，那屋子的草皮常被刨掉，代之以水泥碎石，我一看就掉頭走人。私心嚮往的西方住宅，不就是草皮長青、花樹扶疏嗎？草皮就是優美的文化衝擊，等我住定以後，維持自家的草皮，總不如洋鄰居家那麼碧綠出色，見他們在草皮上打孔透氣、撒石灰調和土壤的酸鹼。割草有割草機，小的可手推，大的要駕駛，切草皮邊有特殊的電刀，以備通水，隨著地形要方的切或圓的切，工具又各不同。何時換新土，新土如何推平？何時施肥料，肥料又有不同的考究。用定時器噴水，特定藥水殺蒲公英或酢漿草。草皮厚實，不但剷平，還須剃出方塊蓆狀深淺相間的圖案花紋……真是嘆為觀止。這是他們數百年的草皮文化所積聚的經驗，所以精緻如此。亞洲人一來若生怠惰之心，就拿水泥糊死，真是醜不可當。

當然遠遊也不見得全看人家的好，許多旅遊可以讓你發現自家的價值、自家的好，更懂得享用自家的文化。譬如飲食吧，美國人發現飲食太多油脂，熱量奇高，全國臃腫過胖者滿街可見，各種慢性病及醫療保險，將弄垮全國經濟。二〇一一年，要改變長期飲食習慣，公布理想食品盤，盤中一半是水果及蔬菜。然而吃慣炸薯條、炸雞塊、果汁飲料的美加人民，想弄懂蔬果的名稱就不是一朝一夕的教育命令可達成。綠葉蔬菜種類既多，烹法各異，搭配更難，蓮藕竹筍木耳金針，他們根本不認識，要他們拋開舊習慣，接受亞裔的健康飲食方法，明白自己吃的加工產品都是垃圾食物，並不容易。我們所以能人人認識青江菜、空心菜是數千年飲食文化的陶鑄才養成的，我們早已明白多吃蔬果的益處並熟識其烹飪方法，我們的飲食文化由農業立國來的，與西方飲食文化由游牧民族來的是不一樣的。但我們樂於吸收異國文化的長處，美加人民也應該吸收亞裔文化的長處。越拒絕嘗試越保守，了解越少，判斷事物便越主觀，越容易掉入地域、種族、血緣、祖先等部落特質的圈套，自以為最優越，便看東方人的皮蛋是最噁心的食物，吃軟軟的豆腐竟想嘔吐。

再舉個育樂方面的例子吧，儘管國內「錢進文創」的口號喊得挺響，我如果沒來加拿大，靜居國內，相信我也不會去涉足文創產業的新興領域──日本的「動漫大會」──哪會領略是怎麼一回事。

動漫迷在日本是屬於邊緣化的一群，大抵是衣衫不整、日夜顛倒、戀童癖、同性戀等等，是西裝革履的上班族主流社會所排斥的、不屑的。但「動漫大會」一到美加竟風行起來，十分熱鬧。二〇一一年就在舊金山、北卡羅萊、溫哥華分別接力舉行，這就令人刮目相看，研究「錢進文創」者似乎該了解其中所代表深一層的社會意義。

原來美國社會的貧富階層分際固定，身分不易調整，種族又複雜，膚色判別明顯，加以家庭失和者不少，尋找情誼困難，所以社會上邊緣人更多，而動漫大會給眾多的邊緣人創造了新的娛樂世界。首先每人可自選一個漫畫的腳色，自裁那腳色的奇裝異服，或戴假鼻子、假頭髮，手執各別的法寶，一上街亮相，大家都熟悉漫畫故事，都具同感，爭相留影。

我覺得動漫大會已兼有類似童子軍露營的意義，成年人一去那裡，每人放下社會身分，泯除職業階層的高下與實際年齡的老少，甚至性別男女的固定。動漫的水平是一個不超過高中學生知識層的年輕世界，如何對話、如何反應、如何是幽默好笑，都被教成齊一的水準，所以年歲稍老的可以來這裡「裝小」，工作機械無趣的可以來這裡「搞笑」，家庭失和的可以來這裡「取暖」，凡是沒有出頭天的挫敗者皆可以來這裡「作秀」，保證各獲掌聲。

這裡大家說話語氣都是正面的、鼓勵的、友好的，相互打氣叫好，鎂光燈常集中到自己身上。是一個世上所稀有的沒人會負面議論你的地方，也是可以放下猜疑與防衛的唯一場所，不必自己遮遮掩掩折騰自己，可以儘量展現自己，並像長春藥一樣給許多年華老去者又返童的趣味。

年少時憧憬的社會，是如何真實公正，入社會後大失所望，但在這裡可以遠離勢利，重新找回質樸。年少時憧憬如何成功立業，入社會後明白成功太難，社會階層不平等，工作枯燥如小螺絲釘，心情苦悶很不容易再踩上一階，往往難以躋身社會主流，但在這裡雖沒有成功的一天，也起碼可以享受一天的成功。你扮演那個腳色，那個腳色可以享受如明星主角般被捧愛。也可以暴露一下衣衫，滿足被人私窺的欲望。現實世界裡你缺憾什麼，就在腳色中找來補償。

這是一個美感被叛逆、被扭曲的嶄新世界，現實世界裡胖子就是不美，胖子作秀難獲青睞，但在動漫中也有胖子腳色，你去扮演就很稱職，照樣大獲讚賞，動漫中的胖子力大無窮，正好顛覆長期在現實世界中所受的不當歧視。同樣過足明星作秀癮。現實世界裡惡人就是醜，但卡通世界的惡人常另具可愛處。這裡只問像不像，不問美不美，醜只要扮得像，也就是美。所以各個腳色扮演者之間常是微笑以對的心心相印，這乃是一個離開學校後仍能交到真誠朋友的地方，話題相同，回家後臉書往來都成了好友。因此畫動漫者，以及配音作聲優者，以及千百動漫迷，都喜歡年年參加，這個由文創虛擬的天地，反倒是一個真實而又不現實的娛樂新世界，藉由此桃花源般人性化理想化的故事，人人幻化其中，不只慰藉而已，簡直是一種心理治療。

以上也算是我揭開異國書頁細細閱讀時的一章讀書報告，我在加國又寫了四百篇文章，合印成《黃永武隨筆》等，若想維持機敏的觸角，不讓活水停頓一處久了變成死水，就得再遠遊、再參與、再吸收。十二世紀阿拉伯智者賓．阿拉比說：「存在的起源，在於不斷的變動。」以為在變動之中才證實存在，這話不只在鼓勵旅行，同時也鼓勵改變墨守的生活習慣，鼓勵打開封閉的見聞領域，他的話其實和《易經》所說「生生之謂易」、「日新之謂盛德」是同一個意思。只有交互相盪，變化不息，日新又新，才使萬彙豐殖，而能在寫作上收穫富有的大業。

9

文章要醞釀　文字要精緻

試看三歲的孩子畫烏龜，沒幾秒鐘就畫好了，直線就是腳，圓形就是背甲，因為想即刻呈現成果，沒有醞釀思考的時間，不可能精緻到腳下有爪、甲上有紋。

我六歲時畫老鼠，記得是先寫一個「化」字，然後將末筆拖個卵圓作鼠臀，再圈往前端勾一個尖尖的鼠首，後面加條尾巴，就兩筆即勾成老鼠，以快速為樂，可見愈是童稚，愈沒有醞釀的耐心。

今日電腦上臉書、推特、部落格盛行，有些人太隨興了，一點點就展示，即刻上傳，即刻冀求認同、滿足，即刻得到回應或擊點呼讚。看來文思不必醞釀，文字不必鍛鍊，篇章不必剪裁，有話就說，不計長短。有人擔心從此文字淺俗鬆散，我倒不擔心，因為這些文字重在互通聲氣與娛樂，民主的可愛，就在平庸，平庸的可愛，就在人人有份，眾聲喧嘩，娛樂普及，亦時勢的需要所造成，個個在學校裡不本有作文簿？現在每人多了一本不須教師批改評分的作文簿，作文課不苦惱而趣味化，不也挺好？這些文字如果能預作醞釀再加修飾當然更好，也不必以理想作家的文字標準去評論它們吧。

口語原本可以是文學，但文學並不等於是口語。「文」是錯雜也是修飾，包括組織、鍛鍊與潤色。

人人會口語，但不是人人皆文學家。會說故事的「橋頭三叔公」，只是「說書先生」，廣播電視中的肥皂劇、脫口秀，沒有像樣的文字，都不能列為文學作家。作家的文字在落筆前要培養文思，醞釀命意，落筆時要選擇文字，精心錘煉，落筆後要再修飾文氣，裝扮華采，才提供出來給人享受，像廚師奉獻水晶杯盤中的佳肴美酒，像園丁展示錦繡苑圃中的奇葩美卉，都經過醞釀，要求精緻。

寫作的過程是作家開拓自己文學疆土的過程，從規畫到征服，從征服到豐收，苗要等它秀，秀了再等它結實，結實了再等它成穗成熟，自然醞釀不可少，醞釀愈久，愈長期專注，就愈可能誕生文字的魅力，才不會淪入童稚的簡單粗糙，淪入網路上不著邊際的對話，而無法對心靈作深層的溝通。

想寫好散文，一定要先醞釀，不怕慢工出細活，配上精緻的文字，才灼灼有光，駐足在讀者記憶中，歷久而鮮明。

談到「醞釀」，在作者心理上，一開始會有悶迷之境，不知從何入手，有攀躋無路的困惑，繼而可能又有怯弱之境，開頭寫一段又想放棄，髣髴有點意思，一下筆讀讀則毫無是處。再看看別人文章，自覺不如。其實發現比人退步常是有機會前進的隱伏點，這時候更需有「不達不止」的決心。醞釀時最先浮起來的可能是浮漚渣影，拋開並不可惜，何妨重新開端，不要氣餒。

再三下筆，手仍不能稱意，明知道那個美好的意思，就是寫不出那個境地，是自己有了眼高手低的毛病，不是什麼眼有神而腕有鬼，是寫得不夠多，這時候與其忸怩灰心，不如奮力多寫來補救。想想曾國藩寫文章，也常有此種經驗，他勉勵自己說：「天下事知得十分，不如行得七分。」眼高已到十分，手要勉力趕上七分去，不要因眼高手低而停筆，困難的欄柵只為攔阻平庸的人而設，對有志之士反而由此為再出發衝刺的起跑線。更不可安撫自己說：「先停停筆，將來再寫，等有可觀的水平再寫吧！」那就完結了。

「醞釀」在實際寫作上，就是動筆前要有準備。第一步從「收集」開始，平時就養成收錄感想或資料的習慣，韓愈說「為文必先貪多務得，細大不捐」，有點誇張，但有一本筆記是必需的，心中有所感是最珍貴的，零零星星，想著就記，不要放過，將來牛溲馬勃都可能用著。讀書時有所得也要記下，未來蓄疑思問，就容易翻出檢查，至於奇詞妙語也隨手蒐羅，《文心雕龍》所謂「積學以儲寶」，就是重在平日做工夫，不錄下不易翻閱，久而自忘。

第二步是「探索」，收集來的心得或材料，由於來源是「左右采獲」的，有相互聯帶的就放在一起比較，有相互矛盾的就放在心上細想，經過考核、探索，不但決定它的是非，並引出它的趣味，一一載入私家的「智囊小記」。

第三步是「會通」，收集或考核是隨興的，散漫的，漸漸向你想寫的題材集合，收集欲求其博，會通則求其約，選出合適儲備的資材，一事一物力求洞徹本末，向同一個聚焦的正鵠細細思索，才摶合成一篇文章的內涵。中間自己所悟會、所體驗處，都是文章的精萃處。掇拾來的典籍資料都是腐臭，而自己的文心已化腐臭為神奇，所以寫的文章不是資料知識的販賣，沒有自己的主見，文章不如不寫。

第四步是「融釋」，會通、聚焦之時，醞釀既已成熟，就進入遣句鑄詞的寫作狀態，融會古今人我之後，灑然釋出己意，因為準備充分，就不是枯井取水，而是鑿井及泉，所謂「發於既溢之餘，流於已足之後」，筆下就覺優游餘裕，灑逸翩翩了。

至於遣句鑄詞的精緻，我在《字句鍛鍊法》及《中國詩學・設計篇》討論已多，足資參考。我再想舉兩位頂尖文學家為例，說明醞釀與精緻：

杜甫的作品，以「語不驚人死不休」為標的，念茲在茲，刻刻醞釀，愈老詩律愈入細密，迭經千錘百鍊，因而思力醇厚，全詩的字法、句法、章法、篇法，無一不構思縝密，曲盡其妙，所謂「精深雄奇」，所謂「沉鬱頓挫」，使他筆下驅揮有神，都是從醞釀鍛鍊來的。

李白的作品，一般都認為不是從苦吟來，好像不屑於雕章琢句，忽俠忽仙，是一揮即成的。李白才高，無容置疑，但天下少有不經醞釀鍛鍊即可精緻天成的事。

李白「尤工古歌」，我曾研究他的七古，不但聲情都諧合恰當，轉韻處還都用「逗韻」（事先引接新轉的韻），比別人更嚴密。原來他不事「文律」，只是不事豔薄的近體律詩聲調，要復古道，他的古歌稱得上「工」，所謂「興寄深微」，所謂「妙入無聲」，這「工」就絕不是由「率然而成」的。

且看李白自述他少年時學寫文章的經過，是「常橫經枕籍，制作不倦」了二十多年，簡直是天天躺在書堆裡長大，勞勞於字斟句酌，一樣是刻骨鏤心。到了他〈上安州裴長史書〉裡憶起自己曾將文章呈給郡督馬公看，馬公就「許為奇才」，並問長史李京之道：

為什麼別人的文章，像「山無煙霞，春無草樹」，而李白的文章，「名章俊語，絡繹間起，光明洞徹，句句動人」？

能使「名章俊語，絡繹間起」，是平日就自鍛自鍊，做好醞釀儲寶的工夫，一經用著，再精心鍛鍊調適，方能聯貫洞徹，句句不凡。即使如一般人所想像，提起拿來，天馬行空，一招即至，也是長期用心經營的結果。別人的文章為什麼「山無煙霞，春無草樹」？那不就像幼兒所畫的龜甲無紋、鼠無耳目一樣，不曾醞釀鍛鍊得更為精緻吧。

10 模仿與特色

有人問《愛廬小品》是否在模仿《雅舍小品》？大概書名有點類似，我沒有細讀過梁實秋的書，體段文氣都大不相同。那麼文題都有些像呢！大概五四以來的作文題目都是這個樣子，我在那風氣下成長的緣故，我不會在五四以來的作家中尋找模仿的對象。

我不贊成模仿，即使中國傳統的古文家，都主張初階入門以摹擬為進步的基礎，將來再「自開一戶牖，自築一堂室」，如曾國藩就主張「以脫胎之法教初學，以不蹈襲教成人」，脫胎就是從其中成長，然後從師法之中脫化。我認為：即使初學模仿，也要找世界名篇多種來學習，選出各家特殊的美來吸收，絕不要選定鄉里某家作範文，模仿也僅限於體段境界，不是要句摹字仿。

因為「取法乎上，僅得其中」，如果取法乎中，那就僅得其下了。所以模仿別人，常常是沒學到佳處，先學到短處，短處極易上手，一學就像；長處靠實力，難以蹴及。魏禧曾觀察許多作者模仿唐宋八大家，結果是：模仿柳宗元，就容易學到「小」；模仿歐陽修，就容易學到「平」；模仿蘇東坡，就容易學到「衍」；模仿蘇轍，就容易學到「蔓」；模仿王安石，就容易學到「枯」；模仿曾鞏，就容易學到「滯」；模仿韓愈，就容易學到「生」；模仿蘇洵，就容易學到「粗」。

模仿是出於崇拜偶像的心理，弄不好反害了自己，模仿八大家的流弊尚且如此，模仿中下各家，其害尤深是必然的了。更何況模仿像了，也只是羊質虎皮，那有真氣？成了別人的影子，沒有自己的靈魂。太像了便成仿冒，自己的特色何在呢？若沒有自己的特色，又何必躋身於作家之林呢？

再看看古今多少模仿之作，真為他們可惜。如張潮寫了《幽夢影》，被譽為「翰墨中的奇觀」，讀來令人「色舞眉發」，現在是臺灣當紅的書。而朱錫綬模仿它，寫了《幽夢續影》，也一樣精妙入悟，讀來令人會心微笑，像「高峻以拒物，不如寬厚以容物。」「任氣語，少一句；任足路，讓一步；任筆文，檢一番。」刻畫人情世故都極深刻，如果句法章法，能別裁自創，另成格局，應該可以與張潮齊名，可惜變為別人的「續集」，讀者就寥寥無幾了。又如曹雪芹寫了《紅樓夢》風行天下，而署名「白雲外史散花居士」者模仿寫《後紅樓夢》三十四回，雖然為黛玉、晴雯大大吐氣一番，可惜只像附於騏驥尾毛上的蒼蠅，也想致遠千里嗎？再如施耐庵寫《水滸傳》，那署名「青蓮室主人」者模仿寫《後水滸傳》四十五回，結果被劉廷璣評為「一片邪汙之談，狗尾之不若！」可惜呀！有點才華，自己造意創言多有意義，何必蹈襲別人的形貌，不是被訕笑為「畫蛇添足」，就是「狗尾續貂」！

一位散文作家要努力在文中凸顯自己的面目，面目越清晰越好，面目模糊就混入芸芸之中，難以凸顯了。要像大歌星，有他獨特的音色，各人自有，一聽就知道是他，是別人不能取代的聲音，聲音纔露一段，就與眾不同，這便是大歌星自己魂魄搖曳生姿之處，不模仿別人的嗓音。想成作家，也不要去學哪一家哪一派，效顰取憐，矯真飾偽，是不智而可厭的，做你自己吧！我在《愛廬小品》中，有〈卓然自立〉及〈世上的唯一〉兩文，可作為「做你自己」的參考。

報載牟宗三先生臨終時，伸出一根手指，自許為「古今無兩」，有人以為是他的自負自詡，我倒覺得他很勇敢坦率，展露出他的本色，以本來面目直道胸臆，毫不忸怩。我想所謂「古今無兩」，不是指學問成就，誰會傻到連孔子也算進去可以「古今無兩」？他指的是自己的特點，無人能及，無人能學。仔細讀牟先生的書，明白其中獨自心地超然，常具千古隻眼。此種真精神與他所探索範疇之內，一一創發的千古不可磨滅的見解，精光所注，可稱今古隻眼，絕無第二人，他敢伸出一根手指，正告知世人，個人特色的重要。明末清初的方以智讚嘆魏禧文章中的「真氣」，乃「天下無兩」，也是個人特色的意思。

這就像明代徐文長寫的曲《四聲猿》，當然比不上湯顯祖的《牡丹亭》博大瑰麗，妙絕一時。但徐寫的曲詞也健鶩絕群，曲評家認為「如怒龍挾雨，騰躍霄漢，千古來不可無一，不能有二」，即使音律都未必全合，仍有不可磨滅之氣，這「不可無一，不能有二」，正與牟宗三自許的「古今無兩」相同，指個人特色無疑。與徐年代相近的湯顯祖被人評定為「前無古人，後無來者」，但文壇不是一人就能掩蓋前後的，徐文長有特色，所寫仍然不泯於世。豈止徐文長，其他如陸天池的《明珠記》以雋秀為特色；張伯超的《紅拂記》以峭勁為特色；梅禹玉的《玉合記》以整鍊為特色；梁伯龍的《浣紗記》以瀟灑為特色。所謂「一丘一壑，亦足名家」，有了自己獨樹的特色，就像自成一個名勝景點，儘管比不上天下奇景那麼稱絕，也有可觀可流連的長處，便會有人提及，標名在文學史上。所以文章朽與不朽，是自己當日就決定了的，就看作者有沒有建立特色來決定。

再舉一個書法家的例子吧，像于右任晚年的字，越年老所寫越像小孩，我欣賞他的特色就在「老筆少筆不分」，泯滅了蒼老與童稚的界線，看似窈窕，又極筋骨奇老；看似古拙，又極姿容秀嫩。它像敦煌佛畫中的飛天仙女，外貌丰采稚美，骨子裡春秋千萬。有意無意間，看似未足，實則飽滿，屬於極有特色的書法家。所以右老的字風靡一時，模仿者眾，有人能寫到可以亂真，這又具什麼意義呢？不如去自成一家吧！

11 你的小品文和晚明小品有何異同？

有人說：晚明小品文是短長任意，清空流暢的，而你的小品文短長齊一，分類分冊，嚴整成套，像是做學問寫論文似的？

我的小品，大抵由方塊專欄而結集，所以每篇長短像先畫了規格，這是可想而知的。結集時成套，倒不是像寫論文那樣，先定綱定目，然後依著條目逐篇去完成。寫生活的美，隨感而發，不能機械地從生產線上豫先排好，像製作一個個罐頭似的去完成，那樣必然是一團死氣，和生活需要自然靈氣豈不相反？

我在寫作時，並沒有篩選題材的尺碼，只隨著自己的生活感觸走，我的生活就是喜讀書，愛靈性，常勵志，意一興，筆就隨，將平日醞釀在心者，任情揮灑，等積稿多了可供選拔時，最後才稍作分類，即自成套。所謂成套，並不是分類嚴密的形態，約略區別而已。學不像仙人「撒豆成兵」的法術，寫了幾百篇文章，像幾百塊石頭，搬動挪移一下，擺設得像八陣圖似的。其實寫作時完全處在冥心放懷的狀態，不豫做卡片，不豫先有講義夾分門分篇存資料，絕沒有寫學術論文綱舉目張的刻板思維。出版時編成套，是期盼它有點可觀的氣派，文章單薄散漫，不容易讓讀者有鮮明的印象。

至於認為晚明小品的文字清麗流動，有幾家的確如此。但大部分並不好讀，試拿施蟄存編的《晚明二十家小品》來讀讀看，許多奇字僻典，刺你的眼睛，有些簡直「了不可讀」，阿英（錢杏邨）校點的句讀，不少都是標錯的，這位晚明小品專家連句子都常斷錯，不知究竟讀懂了多少？我的小品文字雖力求保存古雅的意味，但比晚明小品容易讀得多了。

又有人說：晚明小品重在至性奇情，而你的小品文為什麼搞這麼多學問？

「小品」兩字是從佛經來的，並不是晚明作家的專利，我雖看重明人的生活趣味，但並不在模仿晚明小品。小品文本以睿智為主體，睿智是靠見識，見識的確不同於學問，但善讀書者必能化學問為見識，進而以見識來活用學問。談學問必須先解脫拘儒老生的冬烘習氣，自心的靈光閃處，學問也可以成為睿智中最堅實的部分。學問既可以增長見識，啟發睿智，成為精神上的導引，鼓舞起追求真善美的力量，散文的目的雖不是要授人以知識學問，但新的知識見解，常能解開久矇的耳目，產生好奇的趣味。所以小品文中有些學問，於睿智相輔相成，不須排斥。

更何況我寫小品文，既想兼顧社會效應與人生趣味，在藝術經營裡，想一并帶出中華學術的精萃。所以大抵從知性出發，與晚明小品的純粹由閒適雅淡、高尚曠宕的感性出發是不同的。寫《愛廬小品》、《生活美學》兩書，打從剛動筆時的企圖心，就是想將中華文化的精華融懌薈萃於其間，把我五十年的古典閱讀心得，讓讀者能在數天之內吸收。當然，所謂「帶出中華學術精萃」，不是多引用古書、摘錄警句，而是相信中華大傳統在我筆下早已並行共生、無處不在。落筆當下，自我的生活經驗裡，種族性的理念類型及精神模式同時融化其中，古昔的許多思想類型與涵義，與今日的我並無古今之隔。

明人小品對我必然有巨大的影響，例如篇幅簡短、思路奇創、皆寓新意，以最少的文字，寓入最多的人情感觸，很合乎我的口味，我是從詩的基礎入門於文學的，性情上接近峻潔短俏的，此種筆法使短篇散文不流入鬆散隨便，智慧結晶似的，具有文字的密度與強度。興到偶一引詩，詩是最具密度強度的文字，且中國人的生活美意與睿智，都發表在詩篇中。

再則是明人小品最愜我心之處，是筆下常帶喜悅，少染世間功利塵俗，保持潄芳挹翠灑灑落落的神氣。明人何偉然主張的「清歡霽情，使人心躍」，歡樂要清高的，心情是晴霽的，我在握筆時在意向上很嚮往如此。

晚明小品的作者，似乎都是些「不事王侯」的閒散人，不願作搶攘忙迫的生活傀儡，即使仍有工作，精神上力主放逸，好像只喜歡在柳隄瓜棚之間走來走去，筆下不是鶯花藻野的春天，就是紅黃振谷的秋日，寫寫怎樣笑、怎樣哭。我也有一段如此愜意的歲月，將寫作工作坊稱為「愛廬」，就是取陶淵明「吾亦愛吾廬」的心意，確實有點接近道家的趣味。但《愛廬小品》裡又想帶出中華學術精萃，仍放不下對中華文化宏揚的責任，時時還在勵志，舍我其誰？這就既不像道家，又不像儒家了。

其實我就是我，既不同於晚明小品，亦不同於道家儒家，文學家是自己思想的發言人，不是那位思想家的鼓吹儀仗手，何必自限於哪一家？哪一派？儒道兩家只是文學家心態上的一張一弛，張的時候像儒家，甚至是墨家；弛的時候像道家，甚至是釋家；到了國外的社會，更要留心尊重法家、兵家、甚至楊朱之說。諸子百家只是文學家筆下驅遣奔走的馬牛鷹犬！張的時候儒墨盪胸決眥，靈動入妙；弛的時候道釋蘆花月影，寬裕樸野。各家思想曲暢旁通，完全可以隨著文學家人生的動靜階段性及使命感，配合進退出處而一張一弛，適時效力而已。

12

「文以載道」不是令人厭嗎？

大概是「道」字在涵義的界定上有認知的差異吧？說清楚了，沒人會反對的。

許多人基於反對宋明儒學的一種印象，一聽到「文以載道」，便浮現一幅板起道學面孔，勸說聖道，以做道德代言人、社會清道夫自居，開口閉口的諷刺教訓。如此當然令人厭倦。

載道的「道」字，被狹隘成「道學」，載道變成代聖賢說話，類似剿襲剽竊，只有古人，沒有自己，還要挾聖賢以自高一等，訓斥連連，當然令人厭倦。

其實「道」是偏天下皆存在的，你每篇文章中真有想表達的東西理念，這理念就是道，常言「道理」，道就是理。文章中有東西理念就是有物，有物等同有理，有理等同有道，只要言之有物，就是文以載道。言中有真物真東西，不是虛晃一招，便是文中載了真道，不是虛文。

所以「載道」不必解釋成光說假話的偽道學，也不必是指規規矩矩於聞見習熟的孔孟夫子。清人已主張文章要「有物有序」，物是文章內容，序是文章作法。亦有人主張「有倫有脊」，脊是文章主見，倫是文章層次。更有人主張「持之有故，言之成理」，故是持論的根本，理是言辭的條理。在我看來，這「有物」、「有脊」、「有故」，「有」就是「載」，都是「載道」的意思。

「載道」也不是理念先行，專門為原已設想好的聖賢理念來服役，以便驅使今人。每類事物原本都有它的道，無論從哪一個角度切入，只要能推本始末，無一空言，無一虛美，皆屬於載道。即使細如賞花觀鳥、飲冰嚼豆，多方喻意，條理不紊，只要言之有物，瑣屑小品，均可以載道。黃梨洲曾說「頭頭是道，不必太生分別」。我們稱讚這人話說得好叫「頭頭是道」，懂得「頭頭是道」的真涵義，就是無論從哪個角度切入，都能言之成理，言之有物。所以你無論寫什麼，只要稱得上「有東西」的好文章，哪有不載道的？

我在《愛廬小品》序文中曾以「載道」與「唯美」相對，載道是正面的典暢的，有實有骨的；唯美是空幻的無憑的，無實無骨的。文章所談要有理有據，不要虛弄文字。

「當機顯道之言就叫做妙」，這道何必是道學？文以載道最好載的就是此種妙言。

13

散文中不迴避「掉書袋」，又喜引用詩句，為什麼？

「掉書袋」是指引經據典吧？在散文中引經據典的確不是很合適的事。散文應該振拔出新，引經據典等於回轉起伏在前人的窠臼之中，一句話被人沿襲十次就舊了，耳目都不會生新生趣了，何況去引人人如此用、人人如此說的句子呢？

引經據典只有在議論性的文章中用，中國人「尚同」，在議論文中喜歡引用古人經典名言作為支持立論的依據，所謂「持之有故」，故是「故實」，把過去的經典名言視同道理與事實，來鞏固議論的立場。西方人「尚異」，不喜歡引此引彼，覺得那是腐儒的事。但蓋茨也承認：「時機到來的時候，引經用典，可強於一支軍隊。」可見在某些時機，西方人也認為不妨用用。

我引用的話，大抵不是「人人如此說」的常見經典，有時是某人獨到的見解，而所引也只取最精簡的部分。不肯以「或有人說」一筆帶過，也不肯予以改寫一下，所謂「師其意不師其辭」，面目略改，就襲為己有。不肯如此做，是想要彰顯前人。古人雖然早已喪失智慧財產權，但僅剩的在紙上猶閃著絲絲靈光的，未必很多，其一生精萃，或許全在於此。我實在不忍心將他的名姓與見解隱沒。許多冷僻書上的吉光片羽，若占為己有也未必有人發現，我總想將它公布出來，一方面是對前人的尊重與愛惜，一方面也表示我作品的完成，他也有一份功勞，不能完全歸功於自己的單打獨鬥，得感恩於萬千往聖先哲提供的素材與智慧。這或許是一個學人兼寫散文時，結習未改，本質終存的緣故吧？學人脫不了「為往聖繼絕學」的習氣呀！

西方人不喜引經據典，話要自己說，但也不是沒有流弊，且看兩句西方人的名言：

偷掠死人東西最多者，不是很壞的盜墓賊，而是成功的作家！

原創就是隱藏來源的藝術。

這些話未必有貶損作家的意思，可能提供了赤裸的事實，而將事實形容得有些刺耳罷了。換句話婉轉好聽些，像塞・約翰遜就說：「現代作家都是文壇之月，反射著來自古哲之光。」意思大同小異，一個作家，哪有不借重別人東西的呢？

作家既不免借重別人的東西，筆桿雖細，要求支撐的乃是龐大的資源、多樣的取材。說成剽竊，說成模仿，有點難聽；說成借光，說成蒐羅，都是事實。蒐羅借光得遠些的，從死人來；蒐羅借光得近些的，根本就從活人來。「鎔裁別人」是作家必需的養分，只是有人願意供出來源，有的隱藏，有的把原創的一句改寫成三句，改頭換面。譬如不管是誰發明了「用膝蓋想想也可以知道」的話，不須幾個月就到處流行，就像去荒郊野地廣採果子，採到自己籃子裡就好，也管不了是前幾代人播下的樹種，野果沒採到，弄不好就採了鄰家種的啦，改裝一下翻版，就算自己的，就是不肯提一筆原創者是誰，一提就是「掉書袋」，一提就比別人矮一截，究竟是在嫉妒別人還是想竊為己有？很難說。能提一句「有人說」就算還鄰家種樹者以公道啦。當然，被別人「蒐羅」、「借光」者也不必生悶氣，其實這就是借光者內在的崇敬與讚美了。如果如此，我倒喜歡存其人、存其言，就掉一個書袋吧！

還有一個原因就是「需要」了。《愛廬小品》、《生活美學》都傾向知性散文，知性散文與一般散文有差別，一般散文何妨隨興虛構，知性散文對特定的人物，特別是歷史人物，及其時間、地點，都不准差錯造假的，所以將來歷點出來，常常有此「需要」。

譬如我在〈有心與無心〉一文裡提及「一位鬍鬚長得像張大千的老公公」晚上睡覺時，鬍鬚究竟放在棉被外或是棉被內，自從被別人一問，那天晚上將鬍鬚放出放進，整夜都睡不好了。我只說「鬍鬚長得像張大千」，只是假設，只是方便讀者有具體印象。但是不久讀別人的文章，就引這個故事，主人翁已確定是張大千。再過一陣，又讀另一篇文章，也引這個故事，主人翁已確定是于右任。站在一般散文的立場，是張大千或于右任，或兩人都不是，反正說說故事無妨。但站在知性散文的立場，就不允許張冠李戴，隨興誣栽的。始作俑者的我，如果一開始掉個書袋，指明是蘇東坡所說綸長老的故事，也許不會以訛傳訛了。

知性散文的原則，對於有所本的材料，都希望來歷明白，說的話，寫的句子，要力求存真，不隨便更動，以重歷史的真實性，知性散文也就是要你記清楚聽聞什麼，並記清楚在何處聽聞的藝術文體。我有時為了行文語氣，有的省略作者姓名，有的用白話譯出原意，儘量使引文不成為贅疣，能少書袋就少，希望以藝術性為主而兼顧歷史性。

至於引用詩句，除上述的緣故之外，在寫《愛廬小品》及《生活美學》兩套書時，是有意根植滋養於古典詩歌中的。因為從寫《抒情詩葉》開始，便明白中國人的愛情、親情、友情乃至種種生活哲思與情趣，都匯聚於上百萬首古典詩篇裡，要談中國人生活的美學，素材在此、面貌在此、理想亦在此。而詩的本身是最濃縮精鍊的文字，詩是在最短的字句中寓以最動人的意涵，醒目地教人記住。所以好句子鍊成後，就是最佳的組織，你想怎樣去改寫演繹，都不如原文的苦功入細。引一句詩的原文，抵得上洋洋數百字的解析，一句詩便將長篇大論或複雜意涵，變成五言七言的概念，而妙趣全在。

我引用詩句，極少拿來作場面裝飾用，我引用詩句，希望是蘊蓄全文的意脈到緊要處，以此為眼目，如畫龍點睛般，運筆到此成為精神焦點，一點而全篇明亮。引用詩句時也得注意在行文語氣上如何不滯礙、不突兀，使它既典切，又渾成，發揮其精緻的感染力，絕不想嵌鑲些詩呀詞呀來賣弄膚淺的書卷氣。

14

文學理論有用嗎？

文學理論對寫作有用嗎？回答這問題最好就由我自身的踐履過程說說吧。

我學詩一開始是隨父親學的，父親有陣子喜歡作詩，大概是我出生那年是他寫詩最狂熱的歲月，他在淮安縣府任職，配合中央的導淮工程，常督工於郊野，靜下來就寫詩，他的〈導淮吟〉七古：「冷月寒光霜在衣，黃河夜氣天沉斗，逃伕懸賞兩毫銀，騎兵壯丁此時守……」可以看出他心目中的偶像是白居易，所以專喜寫為弱勢民伕發聲之類的「諷諭詩」。

我很年幼時，父親在教二哥永文寫對聯、作五言詩，希望他從小打好文學底子。我小他三歲，只是旁聽生。有次二哥在作不計平仄的童詩，題目是「陰雨」，寫道：「太陽不在家，雷公發脾氣，閃閃白眼睛，黑雲偷下淚。」我在旁邊也哼了一句「黑雲比樹低」，讓父親奇怪了半天。父親喜愛口語清暢式的句子，教我們背誦〈長恨歌〉、〈琵琶行〉。在山居僻鄉時，兄弟倆常提著酒瓶去前村野店替父親買酒，一路走一路吟，過了小橋要轉彎都忘記，等兩人發現冤枉路走了一大段，就蹲下來笑彎了腰。父親從未提及作詩的理論，也幸好不提，免得引錯了一輩子的路。

我在初中階段，已略知平仄格律，初三的暑假大量背誦唐詩，對文學底子的札實相信是有助益的，琅琅吟誦後，詩的調子熟了，寫的舊詩在語氣上相近，有點樣子。到高中在臺南師範，寫過些近體習作，起步學步都在中學時。

進了東吳大學，跟申丙先生學詩，申先生不談詩論，只鼓勵習作，你繳上詩稿他隨手就改，也常把自己的近作發表在黑板上，還能出一個題目，要學生每人寫一句，他就即席將全班的零星句子，合併修整，組成一首古體長詩，有頭有尾，有模有樣，足見他極有詩才，詩寫得老練且敏捷。然而典範是典範，能移化到學生身上有幾許，就很難說。我在東吳寫舊詩，只覺桃源雖美，無從尋獲髣髴若有光的入口，未能沿循梯階踏上去，寫來寫去，原地踏步，詩的水平很難再高上一階。

到了研究所，喜歡林尹先生那種聰明人的詩，葩采迅發，情韻欲流，如他寫德國留華學生歸國詩：「西方尚在星辰下，東域已過寅卯時。」一切合現代感，讀來覺得活潑潑地一點不板滯，節奏快而創意新，像是隨手拈來不費苦吟似的。「十年舊夢隨黃鶴，一片傷心付夕陽」，似對非對，又十分精準，帶些晚唐輕巧的風尚，流動而華麗，一讀就讓人記誦不忘。

去問林尹老師：「作這樣的詩有什麼祕訣嗎？」老師把金針度人，回答說：「作七言律詩，一定要懂『虛實相倚』的道理，句子才會搖曳生姿。」哎哎，一句詩論就勝過讀十年書，原來「星辰」是空間，是實；「寅卯」是時間，是虛。「十年舊夢」是時間，「一片夕陽」是空間，時空相對便產生虛實相倚，詩句靈動不滯的竅門就在這裡！

再去分析林老師的作品：

「羨君此去天為廓，顧我猶持酒自甘。」一句是「君」，一句是「我」，君去天廓是想像，是虛；我猶持酒是現場，是實，並比起來，不須誇飾而意態清真。

「芳草不忘前日綠，浮雲終有故園心。」前日綠是時間，故園心是空間，而芳草浮雲是眼前實景，與故園舊綠的記憶並比起來，其間錯綜著虛實，「不忘」髣髴否定語詞，「終有」髣髴肯定語詞，句子正反相盪，也是一種虛實，更覺往復流動。

「天公未禁人間酒，老子能澆萬古愁。」上句未禁人間酒是實情，是空間；下句能澆萬古愁是虛測，是時間，並比起來，不知哪來的天真爛漫生於其中，像信手拈來。

老師的詩都是這句「詩論」的實踐，哎哎，一句詩論的開啟，竟桃源直入了！多少人寫了一輩子詩，實的對實的，呆滯笨拙；虛的對虛的，流滑空洞。沒人點醒，到老也未能入門。

聞此「詩論」之後，我作的詩也可以避免笨重或空洞而有些進步了。當時我的二哥永文膺選公費留美，我賦詩贈別：

聚久依依別更親，詰朝溟海一帆新。
此鄉有我分愉悅，異國何人伴苦辛。
萬里雲開華府月，三年簾捲故園春。

桑弧不負男兒志，要使西方識鳳麟。

時在民國五十二年，留美時來去都坐一個多月的船。所以說：明天有一新帆要出發。以下的聯語就應用「虛實相倚」的詩論來寫，一句我，一句人，人我相對。「此鄉有我」是實景，「異國何人」是虛測，虛靈之中而生出情來了。接著「萬里雲開華府月」寫空間實景，是攻讀學位的地點。「三年簾捲故園春」寫時間虛境。永文自許三年可直攻博士歸國，我就用了董仲舒「三年不窺園」的典故，期盼他三年後學成歸來，重新捲起故園的簾幕賞花。這就證明詩論對寫作是有指導作用的。

三年後永文果真戴著電機博士帽坐船歸國了，與當時留學生都是一去不回的風氣大逆其道。我又寫了一首〈迎永文二兄學成歸來〉詩：

相期剪燭話西窗，略掃階除佇舊跫。
飛夢經年傳夜月，誦書孤坐對晨釭。
知君不慕金銀氣，與我同懷父母邦。
三徑晚晴春永在，趨庭明日影成雙。

這詩刊登在〈中央副刊〉，時在民國五十五年七月二十四日，是時父親健在，見我詩「喜而書之」

成一條幅，所以我說：春永在，明日趨庭請安可以兄弟成雙了。全詩八句均以「虛實相倚」寫成的，對仗尤其注意時空相對、人我相對，「不慕」與「同懷」乃是否定與肯定相對。當時〈中央副刊〉根本不登新詩，舊詩能被接受也算樂事一樁。

也許有人會說：懂了詩論，寫的詩句依然平凡無奇呢？當然，徒法不足以自行，還得其他優越條件的配合。我舉自己這兩首年少之作，主要在說明文學理論於實際寫作是有用的。

15

有人認為你的詩學對創作新詩者未必能「檢驗出實用價值」

是有一位這麼說過，有人肯拿你的書去「檢驗」總是好事。可惜我的書有厚厚四冊，就怕只是隨手翻翻，讀得不廣，不容易檢出與創作新詩能派上用場的地方。又怕讀得不深，我的書只談古典詩，要靠讀者自己深入，若自己不是新詩的創作者，不容易與書中妙處發生感應，心領神會而將之應用於新詩的創作上。能不能檢驗出實用價值，最好由新詩人自己去說。

讀得深方面，就舉前節所說的「虛實相倚」，我在《中國詩學・鑑賞篇》中發展成「對比的美」，計細分為「虛實對比」，一句虛擬想像，一句實寫眼前。「鉅細對比」（包括「大小對比」）、「時空對比」、「情景對比」、「正反對比」，一句正面肯定，一句反面否定。「有無對比」、「人我對比」、「事景對比」（事虛景實或事實景虛，都屬虛實相倚）等等，例句當然都是古典詩，沒舉新詩為證。

如果是有慧眼的新詩人，可能就讀出來「虛實相倚」的道理，一樣可以在新詩創作上派上用場。

當今新詩人中，白靈是最有慧根的一位，他的詩論《一首詩的誕生》榮獲八十一年度國家文藝獎。

至今寫新詩的朋友，愛讀他的書，如獲詩國簽證進入的護照，也可說是詩國曲徑通幽的入場券，被楊佳嫻譽為寫新詩者的「法寶」。試錄他書中的幾小段話：

歸結出一個寫詩最廣泛的方法，只有八字，不足為奇，即：虛則實之，實則虛之。換成意象與情景說法，則是：意則象之，象則意之。情則景之，景則情之。此二詞有其侷限，因此必須予以引申，則可說：小則大之，大則小之……（頁八十四）

虛實只是一種相對的說法，並無絕對性，你也可說原來是虛的，後來的才是實的，反之亦無不可。因此不妨將之視為遊戲規則。……然而虛實說中有一項不變的規則，即當其與意象說情景說重疊時，意即情即虛，象即景即實。（頁九十一）

意象就是情景，就是虛實，唯有虛跟實相互搭配，才有詩，簡言之，就是虛實要互補，情景要相濟。（頁六十八）

林尹先生一句「作詩要懂虛實相倚的道理」大大地影響了我寫《中國詩學》，《詩學》中情景虛實大小正反的相倚道理，再影響了《一首詩的誕生》，然後廣泛地影響了全國寫新詩的朋友。所謂影響，就是派上用場，有實用價值。

當然，所謂影響，不必是沿襲引用，也可以是魚龍演化。白靈聰穎過人，自己天天寫詩，靈珠在握，一觸即找到入口，他能深入詩的龍宮堂殿，再變幻層出，他書中打了二個星號最重要的「虛實二十法」，後出轉精，邈更邃密，令我原本計畫再寫一套《中國新詩學》也就此打住，卸下仔肩。在我之前，沒有為古典詩如此條分縷析的，在白靈之前，也沒有為新詩如此條分縷析的，至今詩論叢出，單就詳盡分析這一點說，對詩壇也是大有影響。

至於讀得廣方面，如果讀到《中國詩學・設計篇》中的〈反常合道與詩趣〉一章，分為七節，單是「不用日常語言習慣的聯接法」及「改變關鍵字的詞性，將詞性活用」兩節，對新詩的創作都有實用價值。

〈反常合道與詩趣〉一文，原本發表於《幼獅文藝》六十三年 (1974) 四月號，當月《中國時報》的「楊柳青青」專欄就有〈柏樹子騎佛殿〉、〈反常合道的現代詩〉兩文，明白指出「現代詩人好作反常合道語」，並逕稱新詩作者為「反常合道的現代詩人」，其後新詩人洛夫就常常在講「反常合道」。我那篇文章還得了第一屆「金筆獎」。

我在「不用日常語言習慣的聯接法」中舉杜甫的「卻寄雙愁眼」，眼睛不能郵寄，說「信裡寄上一雙發愁的眼睛」就是反常，但比說「寄上沾著淚點的信箋」要動人得多，就是合道了。杜甫可說是新詩的鼻祖。

再則舊詩裡的「月影一牆梅」，和新詩人寫的「海風砌起一牆浪」，將量詞新用，詩心筆法是近似的，至於「波起一灘雷」、「桃花到處村」都一反語言習慣的聯接法，充滿著對語言世界推陳出新的好奇，並用力在舊聯接中尋求顛覆與突破，都和現代詩人創新的寫作技巧走在同一條路上。

我在「改變關鍵字的詞性」中，舉舊詩的「紅葉已霜天欲雁」，雁是個名詞，「天欲雁」這雁字變成「天快要雁起來了！」「天要雁掉了！」名詞可以改變成動詞、形容詞。這和新詩人寫「法國的天是孔雀的」，孔雀這名詞也改變成形容詞，手法如出一轍。

另有「常字新用」、「聯想出奇」、「不合理誇張」、「主觀改造」、「癡心假定」等等，若善於細心揣摩，許多明末詩人所創的「破膽險句」，大出常人的蹊徑之外，種種追求「絕出」的寫作策略，無不與新詩的創作息息相通。

《中國詩學》四冊出齊時，《民族晚報》（民國六十八年十一月四日）有〈讀黃著中國詩學有感〉一文，是新詩人商禽寫的：

筆者僅祇讀了《中國詩學．設計篇》，便已感到了其中所發出的光彩，照亮了一些平時我所忽視的黑暗的角落，很是受用。我深信《中國詩學》之將能使閱讀過它的新詩人「找到自身（傳統）活水的源頭，與紮根的土地」。

新詩人商禽是終身從事現代詩實際創作者，並且在國際上亦有聲譽，他自認「很是受用」，我佩服他有「服善」之心，受用就說受用嘛！實際寫現代詩而成績斐然者說受用，能照亮他平時所忽視的黑暗角落，不就是最有力的檢驗出來的價值嗎？可惜當時的文章，不像現今的篇目這樣容易檢索，不易廣供參考，楊柳青青是誰？我至今也不曾打聽，商禽評我的文章，我也是很久後才知道，連謝他一聲都沒有，絕不是出於我的請託。

16

寫作有賴善緣

在部落格上偶見有人在說我：「詩論寫得如此好，為什麼我們讀到的都是他的散文？不是值得深思嗎？」

真是一個好問題！我無從蠡測他「深思」的結果答案為何？別人對他的提問若真去「深思」結果又為何？但我最不願見到他們的推論又落入古人的邏輯，去想成「談學」就會「窒境」，一談詩文的學問，詩文的奇境就沒啦！想成「識到」就會「消力」，一旦見識高了，創作的力道就沒啦！證明「知文者，皆不能文，知詩者，皆不能詩」，最後總結出「詩學興而詩亡」！那就冤哉枉也。

我寫詩論或寫散文，乃至寫每一本書，都只是隨緣而行，並沒有上述那些玄理可以推論，只是隨著所遇的時空人事外緣而推進而已。森羅萬象，都由因緣合成，自我寫作也像一顆種子，而因緣相繼像轉動的輪子，將種子運到何處？生發於何處？如何牽連？如何錯綜？如何篩選？如何開花？自己無法預知，生涯幾乎不全由自己掌控規畫。晚年想想，自己只是一個「因」，時時修煉好這個種子的「因」，至於其他「助緣」有逆有順，即使有點些微成就，都是靠許多善緣來引接安排。

回想我在東吳創辦《大學詩刊》時，大學裡很輕視新文學，發表新詩都用匿名的方式。大三大四時，〈聯副〉的林海音主編很愛護我的新詩，幾乎每投必刊，尤其我那「舊典新用」的獨創風格，許多人喜愛，是我遇到了善緣，正在詩興高昂時，偏發生一位署名「風遲」者寫了首老船長飄流到島上依戀「美人」的詩，被懷疑影射蔣公。這位「風遲」被關了一陣就放了，但〈聯副〉卻有許多年停刊新詩。當時的〈中副〉則常載批評新詩的文章，偶爾登舊詩，根本不登新詩，我發表無門，又不肯加入文壇的小圈子，寫詩的興頭忽然遭到截頸之痛，缺少了善緣，個人又能怎樣？那時又恰值我進了師大研究所，只好將寫詩的彩筆收入錦囊，沒想到煙雲一收，就是流水十年，這顆「新詩人」的種子，不知飄向何方的異鄉別域去開花了。

我在讀博士班時，《自由青年》主編楊品純（梅遜）邀我寫「古典詩欣賞」專欄，課餘我在古典詩中略為找到一些心靈的慰藉，就寫了《詩心》及《怎樣欣賞詩》等，當時並不覺得這也是一段「助緣」，在翰墨畦徑上完全是無心插了這枝柳條。

學位完成後赴高雄工作，教學時數與行政工作，將我一人抵三人用，才能應付，沒有空歇哪來詩興？原本請張夢機先生教杜詩，才教幾週，他在臺北有了專任工作，我一面祝福他另有高就，一面只好自己加教杜詩，高雄那時是文化沙漠，找不到臨時來教杜詩的，於是利用一個寒假，把《杜詩詳註》細讀分析，構築了《中國詩學》四冊的間架，然後抱著一顆搶救自己勿被忙碌平庸淹沒的心，沒假期、沒晨昏，零星的空檔也要寫作，也幸遇瘂弦、廖玉蕙在主持《幼獅文藝》、《幼獅月刊》、《幼獅學誌》

的善緣，才能順緣完成該書。當時這些刊物可以容納一萬二萬字的長文，不久讀長文的讀者消失了，刊長文的雜誌一一結束，在後來吹起的短薄輕小風中，根本沒興致也沒機緣寫成這套書了，原來寫作的時機都是稍縱即逝的。

想想報紙一旦不刊新詩了，你徒有寫詩的「善因」又能怎樣？你擬妥了《詩學》的綱目，若沒有相對的人物時空的「助緣」，又何日能脫稿殺青？更別想連寫四冊、成套了。人生雖說是順逆二緣都來濟度你，決斷簡擇，好像由自己，看來也不全由自己。

在《中國詩學》獲得國家文藝獎的頒發典禮上，我遇到林海音女士，我向她致謝當年的愛護才有今天，她不記得我了，只見她轉過身去向何凡開心地大叫道：「原來是我寫新詩的朋友得獎了！原來是我寫新詩的朋友得獎了！」唉，愛寫新詩的我，卻以古典詩論獲獎了！人生至此還不算太離譜，就隨著緣走吧！

寫了古典詩論，為什麼不創作古典詩？我認為創作舊詩的時代畢竟已過去了。以舊詩為生活重心所需要的「文酒交歡，唱酬無間」的時空已一去不返，旗亭發表的音樂場地早成了考古文物，還有幾個友朋天天可和你一樣有悠閒的時空環境吟詩唱和呢？何況在題材方面，往往落入應酬頌揚、賀喜弔喪的俗套。清末有人還沒出席宴會，已將宴會的場景寫好了，用個套子一套，就算一首詩，他還寫了上萬首呢！成了套，形式與內容大同小異，思想與技巧沉滯不進，勉強守著那格律，就是詩了嗎？而詞彙又固定，語言不易隨著時代更新，日常生活四周所見的柏油、塑膠、電線、電腦、麥當勞、肯德基都寫不進去了，腳踏車、摩托車、飛機都得以老詞彙替代，總覺得無法反映現實，隔了一層而不真切。舊詩寫到清末的道、咸、同、光四朝，已經是夕照餘暉了。舊詩在民國五、六十年代，尚有《大華晚報》的「瀛海同聲」、《民族晚報》的「南雅」為發表園地，都是一批老先生們的「文壇」，夢機兄與他們時有往來，我則毫無去寫的意願，我對寫新詩的興味是遠高於舊詩的。

我壯年勞碌，沒遇著寫詩閒吟的外緣，留下些牽率應事的文章，都是抓著時間的空隙完成，不可能醞釀詩篇。第一次獲國家文藝獎的那年，也是父親下世的一年，為了紀念他，又不知多少善因緣，竟開始編《敦煌寶藏》，這一編，就把寫《詩與美》之後，原定要再寫《詩與真》、《詩與善》的詩學十書計畫改變，《詩與真》變成《敦煌的唐詩》，《詩與善》變成《詩香谷》，並因而衍發出考古的趣味。此種文學景緻的增添轉換，真像一道新泉穿雲而來，料不到始於何處？底止何方？成為百丈瀑布也罷，成為一泓春水也罷，就隨緣一路欣賞吧！

至於寫作散文，起先是應各報社副刊所籌畫的主題，都是應景應命之作，直到辭去了成功大學的行政工作，置工作坊於愛廬，接受〈中央副刊〉梅新主編邀約寫「愛廬小品」專欄，〈中華副刊〉蔡文甫主編邀約寫「海角讀書」專欄，〈新生副刊〉劉靜娟主編邀約寫「詩香谷」專欄，再加〈聯合副刊〉瘂弦主編、〈世界副刊〉田新彬主編經常邀稿，大量寫作散文於是開端，應合彼時一千字八百字的快筆短文時代，專欄是散文小品最佳的產房，一篇篇登出來，就是最大的激勵，讓你再接再厲地誘導出胸中的文思。一時善緣輻輳，福分非淺，我珍惜緣會，認真從事，首創專欄不跟新聞，只顧自寫心意。不介入時事太深，不批評時人是非，不在文中發牢騷，不拿文章做人際關係，不肯率意塗抹，不隨時潮起舞。《愛廬小品》又獲得第二次國家文藝獎。

後來又承〈中副〉林黛嫚主編、〈聯副〉陳義芝主編、〈華副〉應平書主編、〈世副〉吳婉茹主編的相繼支持，先後已超過了二十年，並承洪範書店葉步榮、九歌出版社蔡文甫、三民書局劉振強等印行散文集，多方玉成，才有些收穫在散文上。散文的寫作和詩論的寫作，前後沒有衍生的關係，什麼書在什麼時空下誕生，是各有因緣，各有福命的吧！

再舉個例子，寫散文怎麼又蹦出一本《愛廬談諺詩》來的呢？在寫《生活美學》時，明白了中國人生活裡的人情世故是受俗諺的導向，中國人的美學及價值判斷，亦依循於此。所以要談中國的生活美學，需在三大鑛藏中發掘：一為歷代古典詩，二為明人文集，三為諺語。我在中央圖書館讀明清善本書詩，發現邵懿辰的《集杭諺詩》，是海內僅存的手抄孤本，其中有不少家鄉的吳音，一讀就鄉音繚繞，我想替這孤本作注解，趁便讀盡中國的諺語書。沒想到要讀盡諺語書很容易，要替此孤本作注解卻困難，時間雖只相隔一百五十年，但口語變化，老成凋謝，許多疑難，考釋無門，我走訪幾位杭州遺老，皆不甚了了，遲遲無法完稿。忽因兒子樂天要去澎湖服兵役，我便從加拿大趕回去東吳大學任教二年，以便照顧他週末回家。沒想到東吳因妻子匡的關係，收藏了許多民俗謎諺的書，包括日本的「和漢古諺」，不少杭州諺語在中國已失傳，日本卻保存著，我若不去東吳，還完成不了呢！寫成一本書，「開始」為什麼？「助緣」在哪裡？好像冥冥中各有安排，常在你料想不到的阡陌上栽成了桃李。

回想翰墨生涯的點點滴滴，周周折折，何時是逆境？何時是順境？何處是上坡？何處是下坡？何者是收穫？何者是損虧？都難豫想。有多少像是兩不相關的事，到什麼時候又牽引連絡，有多少像是有頭無尾，不了了之，後來知道那只是一時的伏筆，在意想未及的神祕緣會時，又成了巧安排，往往不是可以預設串聯的。寫作的過程也如此，能寫新詩就寫，能寫詩論就寫，能寫散文也就寫，詩論寫得好，並不等於具足了寫詩的因緣；散文論沒出版，卻偏來了寫散文的機遇，一切隨緣開花散葉而已。機遇沒了又能怎樣呀？機緣來了不放過就是啦，先抱持好自己的「善因」，時時認真自助，才會引來別人的「助緣」助你。

17 你也有散文理論嗎？

我在碩士畢業時，曾去臺北一女中教過「文章作法」選修課，我認真準備功課，想趁此機緣寫一本《文章學》。後來出版的《字句鍛鍊法》，就是當時講稿上篇，也算是散文理論的第一步。講稿還有下篇，是談文章的審題、謀篇、裁章等布局的方法。講稿厚厚的寫了兩本，上篇在讀博士班時抽空修飾完成，下篇《篇章剪裁法》等仍是粗胚，至今束在高閣，沒空完稿，現在早已不想完稿了。

我進博士班後，仍對「文章學」熱衷了一陣子，以為中國的文章當從《左傳》、《史記》數起，就細讀馮李驊的《左繡》，他專講左氏筆法，將《左傳》的精神脈絡、章句字法，解剖得委曲畢現。我讀這部線裝書時，蠹蟲已在肆虐，不少字句筆畫上已蛀了洞孔，一邊讀一邊拍打毛邊紙上的蠹粉，趕快推介給文海出版社接洽藏書者印出來。當時沒有複印機，不印出來，這孤本就要在臺灣絕跡了。又讀孫德謙的《太史公書義法》，他對《史記》的裁篇互著、比事申解都能通貫闡發，但也引起了蠹蟲的興趣，臺灣太潮濕，沒有完備的裝置，線裝書根本難逃蟲啃，也趕快介紹中華書局連絡收藏者印行。我的熱心可以說明當年確有完成《文章學》的大計畫。林琴南有《文章學》，唐恩溥（天如）也有《文章學》，以及王葆心的《古文辭通義》、馮書耕的《古文通論》，都寫得不錯，但我希望自己寫的書，觀念作法都要面目一新，絕不是故紙堆裡抄來抄去那樣子。年輕時總覺得自己力量大得很，這也喜歡那也愛，只要是中華文化，都可以在自己手上振興起來。當時我主張「沉潛於傳統，躍出於傳統」，先深入，再躍脫，必築基於傳統，再結合新思維。所以《文章學》要從《左傳》、《史記》談起，我後來寫每一本書，其實都是在貫徹這個「既沉潛，又躍出」的主張。

到了高雄師院任職，所教的學生畢業後要去教中學，文章作法也頗重要，尤其國中老師的帶職進修班，數週內速成，我就與他們談談文章作法，並且介紹一本最實用的現成書，宋文蔚的《文法津梁》，那書我請高雄啟聖書局排印出版（現已歸高雄復文印行），其中如「寬題窄做」、「窄題寬做」、「高一層壓題」、「低一層托題」等，這些基本手法對中學生是有啟發效用的。那時對文章學還沒有放棄，後來將《左傳》、《史記》的散文分析研究交給張高評寫博士論文，張高評去研究時，都用新印出的本子，線裝書原刻本均已未見影蹤，想來已葬身在「衣魚」之腹了。其他學生也有從事文章之道的，那時我往古典詩學去闖另一片天地，就沒有再回顧文章學。

到中年老年時，我才有暇寫散文，當年的「文論」早已自然融於筆下，運用自如，並沒有臨文再去想什麼文章學，一提筆不招自來。例如當年教學生如何「審題」，在我的文章裡好像無心的，卻一一在實踐了：

試舉一個主旨為題的「一元化」文章，我寫的〈纏〉、〈等〉，就著眼一字，作為一篇的主幹，繞來繞去，多方掀翻，句句不離本宗。而如〈必〉，先說「必」，再用「未必」的反面來襯映。又如〈懷才不必遇〉也是一個主旨，則完全從反面著筆。

二個主旨為題的「二元化」文章，如〈錢包與心事〉，就從錢包輕心事也輕說，再從錢包輕則心事重說；又從錢包重心事就輕說，再從錢包重心事也重說。用正反相盪的方法，正反相生，緊抱不脫。又如〈作家屋與鑄幣廠〉，用兩股交綜的筆法，把原本不相干的陌生東西，鎔成相牽相聯的一雙，一為銅臭，一為清高，不讓兩者相背相離，反而相輔相成，最後以有價值的作家鑄姓名於書本上，比袁世凱鑄像在銀元上更有紀念意義作結。歸結到最後，明白全文兩個主旨，作家屋為正，鑄幣廠乃是副，輕重不一，和前例兩個主旨並重寫法是不一樣的。其他如〈無用與有用〉、〈看戲就是讀書〉，前者提升「無用」的價值，以「有用」陪襯「無用」；後者拉拔「看戲」的地位，使「看戲」並重於「讀書」，文中舉例不妨多，絕不可散漫。

三個主旨的「三元化」文章，如〈人情愛遠遊〉的分列智仁勇，不必紆徐，力求線索分明，眼目清楚即可。

四個以上主旨的「多元化」文章，如〈變化的驚喜〉說明衣食住行四方面變化生新的快樂，採各自成段式，最後歸宿一起，以「與時俱新」為全文的「結穴」，使全文的氣脈能流通。又如〈生活十喻〉則採總提分疏的形式，分繹成十條比喻，就得注意輕重的勻稱，不可枝蔓橫出，條條顧定著主意，愈是繁衍條數多的，愈要乾淨俐落。

前述這些舉例分析，是我寫本書時隨手拈出，不是在作文時就預先想定的，一稿初成，稍加繩削，就法度自具。但這並不是在證明「作品」先有，「文論」後出，「文論」只是跟隨「作品」的附庸，而是說作文開始的啟蒙時期可以「有法」，最後結束於「無法」，不是真的「無法」，而是化入神明，融會於心手之間，不用再講格法條例，而自然合拍，中節而有秩。法是死的，到作者心裡就是活的，死的法可以教初學啟蒙的人，初學者不分資性利鈍都可來學，你將文章內容比喻作人事賓主也好，作間架結構也好，作眉目脈絡也好，作繪畫點睛也好，作鉤鎖連環也好，主要在說明文章是有機體，其中資性犀利的，就能受益，明白機括之中的空靈，等他成了作家，就在他心裡化為匠心的一部分，不必言說，也不可言說了。黃檗禪師說得好：「道在心悟，豈在言說，言說祗是化童蒙耳。」（見《古尊宿語錄》）言說取譬，常在巧妙地引人入門，言說取譬也不是無益的，佛家的道理，和散文作法的道理相通。

許多作家自具魁奇英異之才，寫去就是，認為理論根本沒用，看不起理論批評家。其實文章之道，有知有能，少知而多能，古人稱為「文人」，今人叫做「作家」。多知而少能，古人稱為「學人」，今人叫做「批評家」。當然最好是有知亦有能，何必排斥其一？知能合一，才是大文學家。

散文理論中的「有知」，究竟要知些什麼？就是知文章在萬變之中，存有千年不變的法則。如果你說：「咱的文章如行雲流水，有什麼法？」那也該明白「雲會變，水會流」就是千年不變的法。散文中也不免有歸納或演繹、分析或交綜、正反或漸層、據實或翻空、例舉或對答、直敘或回溯、寓言或寫真……至於用字諧合、前後呼應、承接開闔、翻陳出新、借此喻彼、援引作證等等，「有知」總比「不知」好，任他體裁變革、文運日新，仍該是規矩在目、折衷由心的準繩。

18

在現代散文創作巔峰期，為何忽然又寫百萬字《黃永武解周易》的古典研究？

從我一踏上文學的路，現代與古典兩種文學我都愛好，中學南師畢業時，不但出版《呢喃集》，也在《臺灣教育輔導月刊》上發表〈易經蒙卦啟示的教育理論與方法〉，大學時代在〈聯合副刊〉寫新詩，也發表〈左傳中有關筮卦之研究〉。

到了師大研究所，那是以承繼乾嘉學統為職志的地方，以考據注疏為主。清人那種「男兒當注壁中書」的豪情，認為英雄豪傑的第一等事業，就是注解地下新掘出來的經典文物。我自然也可以接受此種思想。但我在高雄師院期間，即首創將大一國文課本，另編一冊新文藝為教材副本，供學生閱讀，不久政大首先仿效，後來徧及全臺。那時大學裡對新文藝的作家詩人都採不屑的眼光，我採取開放容納的態度。我在古典聲勢高漲的年代，仍不肯貶低現代文學，今天現代文學的研究火紅一時，訓詁聲韻沒人肯學，全成了冷門貨色，我卻歸來注經。想想六十年前寫作不是顯學的時代，我已努力寫作；六十年後注經不是顯學的時代，我仍努力注經。六十年風水輪流轉著，而我本著古典現代兩者兼愛不分軒輊的初衷，一貫到老，秉持自己的興趣，順沿外遇的緣分，不去管何者為時髦，何者為顯學。

碩士班時我想寫《易經》方面的碩士論文，林尹所長就勸我說：「《易經》是抽象原則最高的理論，萬事萬物，幾乎什麼學問都可以附會進去，你不要寫這方面的。」

想想也是。不但修身養性、談戀愛可以放進去，歷史得失也可以，近代的工商管理法則也可以，乃至中醫、國樂、數學、輿地風水、求卦算命，及西方的遺傳學進化論都可以放進《易經》裡去，不管真懂假懂，阿貓阿狗都來湊一腿似的。林尹老師愛護我，不希望我淌入這一灘。

到了博士班我又想寫《易經》的論文，林尹所長又勸我說：「自古至今，誰是把《易經》真弄通了的？你不要去寫這方面！」

想想也是。誰是將《易經》真弄通了的。鄭玄集其大成，虞翻五世傳《易》，算是最頂尖了。清代復興漢學，大抵惠棟、焦循、李道平都貢獻卓越，我恐怕連他們都超越不過，如何真把它弄通？寫《易經》的願望，就稍歇罷。

沒想到至二〇〇八年，地下出土的三本《周易》，有竹簡的，有帛書的，都讓我讀到了。兩本是漢初抄本，一本竟是戰國時抄寫，遠遠超前了鄭玄、虞翻的時代，而清儒根本無緣覘見。其中文字奇古，異文極多，大陸研究古文字的多數欠缺易學背景，而臺灣深於易學者又不太理會古文字的新發現，因而兩岸還沒見到新詮釋、新見解。而我從中學時代就背誦《易經》，又對文字聲韻下過長年的苦功，有了這三本新資料，藉此可知彼，繼長可增高，以古本與今本相比勘，必然會有新的看法誕生於其間，一座可能突破前人的洞天石扉，訇然中開在眼前，日月照耀下的金銀樓臺閃閃放光，真是千載難逢的奇遇機會，確實有文化的使命感要我非擔當這研究工作不可。

想寫《易經》書的因緣，竟等了五十年才成熟，而寫作散文又恰逢暫且擱筆的時機，由於電子媒體的興起，平面印刷大大地萎縮，往日寫作散文的緋桃翠柳園地，至此已今非昔比。姑且將注經當作消閒解悶的良方也好，而我所處的海外環境，日日在花樹間散步，尚足以調節體能，維繫老年的體力，費時三年，完成一百多萬字，光是謄清兩遍、校對兩遍，就夠累壞了手指與眼力，所幸上天護佑我善緣湊齊，所以不忍不寫，不能不寫。這本書不是通俗讀本，只為專家而寫，以歸納易象成數百條目為綱領基準，不但使龐雜的易象不同說法得以釐清，也可由易象與易辭的對應關係去考訂出土異文的是非，也可由易象與異文的切合關係將古來《易經》中存在的誤字糾出來。

再說個故事，當作談話助興吧，我在二〇〇八年春天，做了一個夢，夢見兩位老人在室內搓手徘徊，我正走到屋室之外，從窗口聽到裡面兩老的對話，一個問：「你的學生黃永武不是要來看你嗎？怎麼還沒來？」另一個答道：「是呀，是呀，怎麼還沒來！」我手中提一包禮物，就在門窗外大喊道：「我來了，來了！」

答話的是我的《易經》啟蒙老師陳玉山，當年他背倚著臺南紅卍（ㄨㄢˋ）字會的破廟牆角，牆角不但陳年蛛網未掃，還散落不少光復前求問「米國飛機來轟炸」的吉凶卜問紙屑。陳先生一貧如洗，打開行囊中僅剩的《周易鄭康成注》教我兩月，時在民國四十五年春天。九年後我初進師大博士班，就回臺南去拜望他，他已住進臺南養老院，起居生活尚能自理，我說仍希望以《易經》為博士論文，他聽了高興得兩眼放光，兩手扶在我肩頭搖撼我說：「你還在研究《易經》呀！哈哈哈！」

問話的老先生是李正韶，他是黃埔軍校一期畢業的，大陸淪陷後才來臺灣，當時沒有工作，但他熱心復興中華文化，研究蔣公力行哲學，分析向善去惡的方法，繪成〈人心一念圖〉，並在臺南市成立易經研究會，主聘陳玉山老師為講席，我也因此拜識了啟蒙師。李先生在我讀初三時，透過《中央日報》臺南特派員的關係，推介我去市政府抄卡片，以工讀維持生活。又在我初中畢業後的暑假無處住宿，收留我住在他在臺南關帝廟以竹蓆圍圈的廟殿裡，並贈我一冊《易學討論集》。當時書籍奇缺，這本介紹虞翻旁通說並比較虞翻注王弼注優劣的書，引導我的易學走上了漢易的正途。

推想得玄一點，兩老問答的夢，好像是開啟我將寫《易經》書的預兆，我手裡提著什麼沉甸甸的禮物？想來該是今日出版的厚厚兩冊《黃永武解周易》吧！寫成這部著作，也算對兩老叫喊「我來了」有個交代。想想鼓舞我不停寫作著述的動力，就是怕會愧對許多愛過我、關心過我的人，只有不負他們期望的作品一一完成，才能撫平慚愧而令內心感到泰然。

當然，左手盡了為古典撰述的力，右手也不忘盡散文創作的力。創作的環境雖蕭寥，也不能就此荒蕪，所以在《周易》著作剛告一段落，立刻寫這本《好句在天涯》，此是我不經報章發表，逕自付印散文集的開始。記得古人特別注重「文外學術」的通曉，認定左丘明通曉「國事」，文章才寫得好；孟子通曉「道性」，文章才寫得好；莊子通曉「儒辨」，文章才寫得好；史遷通曉「九流」，文章才寫得好；賈誼通曉「奇略」，文章才寫得好。寫好散文最理想是能在「文外」有一專長，才能與別人意興造作的文章，有不同的高遠聲音，而岸然獨立，文章方能「雄於天下」。（參見《古文辭通義》卷十六引鄧雲山語）這麼說來，想寫好散文，還得多注意「文外」的學問，寫寫《易經》，再寫散文，不但無損，而是有益的呢！

附帶回答一個問題：我早年就愛《易經》，而我早年就寫成《字句鍛鍊法》，似乎《周易》與修辭學兩門學術有某種神祕的關聯？觀察目前臺灣擅長修辭學的，往往也擅長《周易》，是巧合嗎？這是什麼緣故？

其實兩者的神祕關聯就在《易》教是以「絜靜精微」為其特色，與《詩》教以「溫柔敦厚」為特色不同。《易》教「絜靜精微」的思想陶鑄結果，就特別擅長於條理的分析。所以我分析修辭學便成為《字句鍛鍊法》，分析詩歌便成為《中國詩學》，分析龐雜變化的卦象便成為《黃永武解周易》，各書皆以分析精微而出名。各書面貌雖不同，其中的脈理氣息實本於同源。因此寫成散文，也因「絜靜精微」而偏向知性，若本於「溫柔敦厚」出發，可能就偏向感性了。

19

若將《易經》作為「文外學術」，如何有益於寫散文呢？

前節說「文外學術」都有益於寫散文，「文外」的不同專長，會使各作者的散文間迸放出不同色譜的光芒，既有別於他人，也成就自己獨特的聲貌風采。

有人精通球賽，他的散文中談球藝可以妙入許多小動作，可以有許多意想不到的比喻；有人精通美食，他的散文中談食物，什麼貓頭筍、雀舌茶、紅螺醬、紫蟹糟，水陸珍味，讓紙上都蒸騰盤子香。「文外學術」的通曉，無一不有益於散文，《易經》自然也不例外。

當然，若將《易經》作為擅長的「文外學術」之一，那你在散文涉及《易經》時得特別小心，因為讀者固然對它好奇，但其腦海中早被江湖術士的迷信弄成一灘渾水，陰陽男女，觀變決疑，迂腐鬼怪，與命相同流。把一部大好《易經》淪為市井間行騙的招搖工具。

我寫散文時偶及《易經》，不是喜歡引引《易經》的文句，以炫腹笥博學，而是最喜愛它超時代的觀點，帶給我的驚訝。

例如我到瑞士去遊玩，當時瑞士的國民生產毛額居世界之冠，治安極佳，人人喜樂，瑞士沒有總統，國政由七人委員會共同執政，不搞個人崇拜，不崇拜英雄，卻能天下大治。讓我想及《易經》中說「用九，群龍無首，吉」，這句話一直令學者們迷惑，因為「群龍無首」在一般語詞中是失去領導中心，以致像沒頭蒼蠅，六神無主，場面混亂的形容詞，為什麼反而是「吉」呢？

原來《易經》中的「飛龍在天」是君子處於上位來治天下，而「乾元用九」則是以天下的民意來治天下。《易經》中的「陽」代表君子，到了「乾元用九」，總括六爻皆陽，也就是說天下每個人的教育、品德、操守都達到了公民的高水平，這個「君子國」，由於人人成了君子，可以全由天下民意來治理萬政，不必只依賴一、二個君子處於「九五」的高位來實行「人治」，「用九」是整個社會提升到世界公民的水準足以參政決策了，「用九，群龍無首」比起「飛龍在天」更進了一大步。所以《易經》說：「飛龍在天，上治也；乾元用九，天下治也。」上治是靠上位的君子來治，天下治是靠天下人人是君子共同訂定的法律制度來治，「上治」的一、二賢才眼界仍小，「天下治」的民心輿論，人人為智囊的眼界才大。

瑞士的國家大事，均由全國討論，由公民投票意願來決定，公民投票的前提是人民的教育品德都達到了高水平，人人皆受完善的公民教育，懂得理性判斷是非，爻爻皆是龍，個個是不易煽惑的君子，「六爻皆陽」才能「乘六龍以御天」，這《易經》中最先進、最開明的民主思想，原來已經在瑞士實驗成功了！於是我寫了一篇散文，名為〈瑞士與易經〉，收錄在《生活美學・情趣篇》裡，可以參閱。

現在新出土的馬王堆帛書本《周易》，「用九」二字作「迵九」，迵字意為「迭」，為「通」，我將它釋為「通體迭換」，既貼切於卦象的整卦迭換，也比今本的「用九」更明確地指出到了這一境界，人人各循規矩，做好變化日新，全體一齊純健，都不需要領導，也沒人敢以領導者自居，只有聽民意服務而已。這才是「群龍無首」真正的太平大同之世呀！

又如我寫過一篇散文，篇名是〈易經在鄰家屋頂上〉（見《黃永武隨筆》上冊）。那是我在加拿大，從山居的窗口望出去，看見洋人屋頂上常有風向儀在轉動，這古老的屋頂裝飾，現今已成為一種趣味，但是為什麼風向儀上面總是站著一隻大雄雞呢？

去請教洋人，大抵不明所以，去查書籍，都說這種站雞的傳說來自教會，與耶穌最後的晚餐有關，希望天慢點亮，公雞不要叫，才站上屋頂守護。

我因為熟悉《易經》，忽然想到八卦裡有個巽卦，它代表風，也代表雞。雞為什麼站在風向儀上，恐怕是巽卦的關聯，由來極古遠。一想「風應節而變，雞知時而鳴」，中國大陸上的風，「立春」時吹東北風，「春分」時吹東風，「立夏」時吹東南風，「夏至」時吹南風。風應著時令節氣而逐步改向，萬年不變。而雞乃知旦而鳴，不會因為風雨如晦而失時不啼。所以巽卦代表風，也代表雞，都因寓有信用、準時的特性，才合為一體。《九家易注》中說「雞是風精」，雞原來是風的精怪，才站在風向儀上威風八面的！《易經》才是風向儀上站雞的真正來源，比耶穌最後的晚餐要早了許多年，這一點從沒人發現過，我就趕快寫進散文集去。

我在天涯海角，忽然領悟某些《易》理，靈犀一點，寫入遊記散文，只是為了提升趣味，並不想去故紙堆裡東抄西抄，比一比誰抄得廣、引得多，那是迂儒的事，不是作家的事，作家的「文外學術」都在不經意處隨興靈活運用，不然就會因「炫學」而窒息了文思。所以將《易經》作為「文外學術」，不是教你到《易經》裡去找散文的題目，而是將《易經》融化在心中，任你去天涯何方，一觸生活情景或特殊風物，由情景風物間喚起《易》理而予以通貫罷了。

再舉個例子吧，我到美國奧林匹亞雨林，只能站在限制區外觀賞，不准闖進雨林裡去，一闖進去，野草可能被踩死，枯枝上的藻菌生態可能被毀壞，多少瀕臨絕種邊緣的動物、植物，都需要仰仗僅存的雨林延續生命。這才想起《易經》坤卦裡的「不習无不利」來。

坤卦是講「地道」的，講「地道」坤德，古時只知道是順其自然，不事勉強，非由學習，就叫不習无不利。今天環保意識高漲後，我才想到「不習无不利」，是在說地理上其實是「不開發沒有什麼不好」。現今的地球已到了人類還能生存多久都成了疑問的地步，才會明白不開發的原始雨林，乃是人類氧氣的原產地，乃是稀有物種藉以喘息苟延的一角，再開發下去、汙染下去、掏空下去、耗盡能源下去、不停增加排碳量下去，人類只有加速自我毀滅，死路一條！從某個階段、某個角度去看，維持原始生態是沒有什麼不利的！

就「人道」而言，要謹慎善用「習」字，就學薰陶而使人善良；但就「地道」而言，不習也沒什麼不利。任其自然，不假修營，而物自生，而功自成，這種見解在幾千年前就有人說了，但幾千年來誰又看懂了呢？《易經》沒說開發不好，只說「不開發也沒什麼不好」，這就是《易經》所以能從草昧時代山林未啟一直到今日極文明時代過度開發，依然適用、依然萬古長青的高明所在吧！

在我海內海外的生活裡觸及《易》理處是不少的，寫進散文裡去的並不多，主要是我的「文外學術」面很廣，幾乎就是全部的中國古典文學，詩影響散文的比重，恐怕還勝過了經典，我沒有將《易經》作為單一凸顯的「文外學術」，這裡既有人提及，才隨手舉一些例子，用意在說明任何的「文外學術」都有益於散文的寫作。

20

現今的文評家及選文者，往往不喜歡散文中帶有學問，為什麼？

只能說是一代風尚吧。

我對散文中帶不帶有學問，沒什麼愛惡的成見。覺得要看寫哪樣性質的散文？如果寫風景、憶往事，談朋友之間戲謔歡笑，敘述家庭裡、社區間的起居瑣事，適宜柔和的感性，帶有學問就不搭調，引人討厭。若像我去寫生活美學，他鄉新知，需要議論證明，有所判斷，則帶些學問應該是知性散文所不可少的。

西方沒有一種文體和今日臺灣流行的純情散文相似，中國自古以來的《左傳》、《莊子》、《史記》乃至唐宋八大家，這些文集都帶有學術，韓愈如此，王安石、蘇東坡更是如此，東坡在《兩蘇經解》裡還專談《易經》，他談《易經》時文詞博辨，又切於人事，和他寫哲理散文是同一種手法。但現今臺灣的文評家及選文者往往不喜歡散文中帶有學問，且具頗強的排斥性向。簡單地說，只能說是一代風尚。若要追問「為什麼」？這一代風尚的形成，有遠因，有近因，說來話長，遠因可溯至四百年前，和晚明的思想遽變是血脈相連的。

明代中期有兩位傑出的散文家，一是才學富贍的王世貞，筆下常帶學問；一是簡潔質樸的歸有光，筆下多感傷的抒情，少帶學問。王主持文盟二十年，執文壇的牛耳，聲華意氣，籠蓋四海；歸則僅為一老舉子，讀書講學於窮鄉二十餘年，到六十歲才成進士，喜好《史記》，長於敘事。但歸大罵王世貞為「妄庸巨子」，王則襟度宏遠，在歸歿後，寫〈贊歸太僕畫像〉中說：「千載有公，繼韓歐陽，余豈異趣，久而自傷。」根本不計較歸罵他「妄庸」，仍愛才維護，這四句紀念死者的文字，帶點推重，帶點溢美，正展現了王世貞的器量。

這四句贊辭應該是說：自己和歸有光都在寫作上努力，兩人都想上繼韓愈、歐陽修，天生下你如此，天生下我也沒有另外的想法，各抒其所自得，並沒有分歧的目標。下面「久而自傷」一句，乃是追思兩人一生共同在文章上拚盡全力的千辛萬苦，現今同志離去已久，仍令我陷在長期的自傷中，道出無盡期的惺惺相惜之情。

但到了明末清初的錢謙益，他討厭李攀龍，兼及王世貞，把明代的人才不能禦侮救亡的悲懣窮愁，全歸罪於文運的擬古、復古上，混合自身流離憂生的意識，嫉恨王的顯達，抓住「久而自傷」四字，就說歸有光的文章，到此「始被論定」，王自悔文章不及歸有光。並說王世貞在虛氣浮華銷歇解駁以後，「遲暮自悔，為不可及」、「於是渙然汗下，蘧然夢覺」，自悔文章走錯了路子！

「久而自傷」是自傷自己走錯了路子？一個執文壇牛耳二十年的大作家，聲名滿天下，連三袁兄弟中的老大袁宗道都稱讚他「弇州才大，自家本色，時時露出」，如此的文豪竟自傷文章走錯了路子？既是自家本色，哪裡是走錯了路子？

好吧，就算「久而自傷」中有王世貞自我反省一生寫作路線的意思，那也頂多是對歸表示「心折」的敬意，又如何可以認定是在自慚文章比不上歸有光，慚愧得滿面汗下？而歸有光到此就被論定為明代文章第一呢？

不要小看錢謙益偏頗的想像，此一故意的曲解影響極大。黃宗羲《明文案》提及「議者以震川為明文第一」，這「議者」就是錢謙益。王夫之「不許以元美擬東坡」（見《清詩紀事》頁一八〇）幾位最有號召力量的明代遺老，無一不受錢氏的感染。

接著清代桐城派就將歸有光尊為典範，後來劉次白編《十二家古文選》，將唐宋八大家加上歸有光、方苞、姚鼐、法鏡野。歸有光便成了上繼唐宋、下接清文的樞紐，直至今天的中學國文課本，選完韓愈、歐陽修、蘇東坡，就選歸有光，沒人選王世貞了。一般的文學史也都偏歸文而黜王氏，家家寫王世貞「自慚」，歸有光勝過了王世貞，上繼韓、歐陽的是歸而不是王！儘管《四庫全書提要》中評說：「自古文集之富，未有過於世貞者，博綜典籍，諳習掌故，名材瑰寶，錯出其中。」依舊沒人對王的鉅著《弇州前後四部稿》多所顧惜了。

其實歸有光的散文，受人推重的就僅〈項脊軒志〉、〈先妣事略〉、〈寒花葬志〉、〈女如蘭壙志〉等述說女性的文章及與鄉土緊密相連的地方人士壽序，像泉水一勺，雅潔自喜，固然很美。但王世貞的文章，明末幾社的陳卧子（子龍）評論為「天思穎雋，取材贍博，篇什之多，橫絕古今，足以總彙前英，潤澤來者」，就像海上的千年榮光美氣，規模根柢閎大無比，與泉水一勺是兩種不同的美。蘇東坡之後，能和東坡的才情淵博比美的，除了王世貞，沒再見第二人呀！

四百年來，就只有清人蔣湘南對王歸兩家的文章評論得最為客觀公正，他說：

論者謂弇州贊熙甫有「余豈異趣，久而自傷」之語，遂以熙甫上弇州，此則目睫之論也。熙甫之弊，在於有筆無文，就歐、曾支派而論，其規行矩步，亦自成一邱一壑之山水。弇州老而懷虛，龍門已矗，又何妨自貶以揚之？後人盱衡往哲，當據兩家之根柢以定其規模，不當因一己之愛憎以分其優劣。（《七經樓文鈔》卷四）

他辨正了那句「久而自傷」即使有貶己揚人的美意，乃是王世貞虛心克己，反正自己的「龍門已矗」，里程碑高立在遠方，誰也難以趕得上，早知在明代已無敵手，自己具有了「千山萬壑」的規模，就不妨讚許別人的「自成一邱一壑」也很美吧！蔣湘南還讚許王世貞才力雄健，「史料中本色文字，遠逴歐、蘇之上」呢！

可惜這些評論，難入後來文評家、選文者的耳朵，大家已先入為主。到了民國，白話運動、八不主義，喧騰一時，這就是近因了，而歸有光荒村小人物的細膩寫法，剛好又迎上了鄉土潮流，於是柔和感性率直流露的文章更是大行其道，只求清暢，不嫌枯淡；只求自創，不嫌孤薄；只求貼近，不嫌鄙俚。將凡帶有典雅學問的文章，混在復古、模擬、艱澀、塗飾、炫學、陳舊、腐套之中，成為一談，一律受到排觝。時日一久，閱讀也只成為打發時間的輕鬆消遣，讀者都樂得少費心力了。

風氣由來已四百年，大勢成了舊規，滔滔一去不返，誰也不詳究源頭始於何處？是否方向確當？源頭決於東水就向東流，源頭決於西水就向西流，完全是導引問題，不是是非問題，前人的導引會決定後來被導引者的愛惡，被導引者個個以為順勢就是先進、正確的主流，逆勢就是落伍、反動的邊緣，所謂風尚、風氣、風習，就是這麼一回事，還不知到何時才有人站上文學潮流的制高點來重加檢討呢？

21

如何從寫學術論文轉變成寫文藝散文？

是有些學術界的友人，見我既寫學術論文，又寫文藝散文，跨於兩界，好像手上不啻一支筆，有些羨慕也有些奇怪，會問我如何從左側駕車改為右側駕車，跑道是如何轉換的？

我想首先要明白心態及思考模式不一樣，我在〈大師與大手筆〉一文中，已說明學術論文重在研究，研究出於對象，要據實查證出真切的原委。文藝散文重在創作，創作重在心意自發，要憑空創造出靈動的文字。因此在取材構思、運文下筆時就不一樣了，學術論文靠學力深厚，重在資料的掌握，資料不全就嫌遺漏，引用甲的話，不引乙的話，取捨之間就寓有一種作者的嚴格判斷。要交代來歷、要加註腳，一失去依傍就是空言臆說。文藝散文靠自我發揮，重在材料的消化，材料不消化就嫌生嫌雜，拾人唾餘或大段引用就算墮落。

因此學術論文是以求真求新為目的，文藝散文是以求美求趣為目的。前者偏重在人文科學，要正確、要創見，能求得理明詞達就可以。後者偏重在人文藝術，要辭美、要趣多，還得求氣足神完才合格。

再則兩者所需的生活及環境也未必相同，學術論文重在圖書資料、統計數字。文藝散文重在人情歷練，廣稽冥探。舉例來說，前者如果遠遊天涯，一欠缺資料的依憑就徬徨失落。後者則天地萬國，就是一本最大的無字之書，一遠遊，觸目皆是取之不盡的題材，就怕到了眼前還不懂讀。所以我有「遠遊讀大書」、「好句在天涯」的申論，這些生活面暫且按下不談。

單就寫慣學術論文的人，如何轉變成寫文藝散文來說，第一步是案頭的寵兒要換成新的班隊了。原本依仗的權威書籍：《十三經注疏》、《二十五史》、《說文解字》等等，都要撇開去冷宮，我寫散文二十年，幾乎沒再去翻這些書。

寫晚明小品頗出名的譚元春說：「不讀五經而先之以子史，無篇論，無正眼矣。」固執著學術入門的想法，明代寫小品文的人仍主五經為「正眼」、「篇論」，並以此自居為正統者大有其人，就今天看，此種信仰的神聖化該放下了。什麼「出於經傳四史者能名家，出於文集者不能名家」的想法，早已落後了整個文學史的步調。寫學術論文所依仗的「正眼」書，到寫散文時「正眼」先要轉變。

我在開始大規模寫作散文初期，白天到圖書館先從《叢書集成》讀起，裡面雜書小書多，有點趣味。許多學者不讀小書，寫散文最好博覽這些不登大雅之堂的小書，越多越好。譬如談到臺語「白賊七」的七字，無從查考，但小書裡說京師以「七」罵不像樣的女人，因為「七」字比「女」字少一撇，寫不成「女」字，由不像樣的女人引申為不像樣的人了吧。如此一經聯想，就有點趣味了。

晚上回家就重讀《說庫》，以前我在高師大倡導「趣味教學法」，常勸學生多讀《說庫》，能面對中學生講一百個故事以增加吸引力。《說庫》裡軼事多，趣味盎然。說什麼安祿山體重三百五十斤，肚皮上的肥皮垂下來超過膝蓋。我有時還在懷疑，等我到加拿大看洋人肚皮肥肉比賽，大胖子把一褶一褶盤在腰際的皺皮放下來，竟有快垂及地面的！大胖子手執肥皮像舞裙一般旋轉，哇，原來男人真有如此的，「胡人」中尤其多，如此一寫，能不發噱？

又說什麼鄭畋有個小女兒，特別喜愛羅隱的詩，有一天羅隱去拜望鄭畋，小女兒隔簾偷看，一看他的長相，胃口全倒，崇拜的偶像破滅，再不讀羅隱的詩了。你想嘛，他，人已醜了，還要常常自詡：「我用腳夾筆寫的都比別人好得多！」怎麼不厭惡？讀這小故事可以明白：原來異性粉絲來看作家演講，大半是在期望作家的長相會比詩文中想像更好些，此種人性反應的細微處，古今千年，並未改變。留些想像的空間給讀者，總比當面踢破別人美夢來得好。天邊出現個狂妄的人，還覺得是奇人奇事，眼前臨近這狂妄的人，就覺得輕浮難耐了。因此像我年紀已一大把，縱使不敢狂妄，也別想開什麼新書發表會啦。如此「古事今說」一番，自然教人會心微笑。

有一陣子我去國家圖書館讀剛從日本影印回來的幾百種明人文集，在館門口遇到館內的「老臣」喬衍琯，他問我來看什麼書？知道我正在讀那批明人文集時，直率反應道：

「這批書毫無學術價值，哪裡值得一讀！別……」

他不明白寫散文的人，就要讀正經論文上用不著的書，雖然良莠不齊，未經典雅的篩選刪改，本來的性情面目還在，要看明人的生活藝術，這些書裡還有不少情詩小札，即使水平不高，反而大派用場。

讀史書也如此，未經檢查潤飾的野史，比堂皇雅正的正史更可貴，我讀明史不讀二十五史的，偏讀傅維鱗的《明書》，其中記載永樂叔叔從北方殺來，建文皇帝從南京沿長江逃走，協助建文帝逃走的人員，有二十多人都是舟山群島善於航海的老手，書中有本《忠賢奇祕錄》還載著這二十多位孤忠者的名字，正史裡是必然將這些名字抹掉的。可是前幾年有人寫書，說加拿大東部紐芬蘭島的聖約翰東南角，發現有眾多華人的巨船大艇在明代初年登陸的蹤跡，認為是鄭和的船隊。我因為老記著那「萬里魂飛只孤忠」的二十餘人，就設想在加拿大東岸落腳的是建文帝，不是鄭和。這些孤忠者竟繞過非洲，又橫絕大西洋，到達鄭和多次下西洋也探聽不到音蹤的偏僻角落。多讀野史，令視野與觸角靈敏不少，而著眼點都在趣味上。

當《愛廬小品》剛出爐時，吳鳴曾說我的散文有點像周作人，但又不太像。我對周家兄弟的書，初二在大陸時讀了《阿Q正傳》，周作人的書沒看過，吳鳴既這麼說，我就找來看看，一看發現他兄弟倆專門蒐集野史，最好是不曾出版過的手稿，千方百計弄到手，成為獨家祕笈，才警覺自己是不是無心的成了他倆的同路人啦，他倆喜歡在野史裡找趣味與讀者分享。所幸我在野史之外，還喜歡讀詩，又喜歡考古，名堂比他倆多，筆下自然和他倆不同。由此可見寫散文，對「文外」的學問，越多越好，越雜越佳，學問可以幫助文章，只要文章不為學問所累，能化作趣味，就無妨兼采並蓄，散文不必排斥學問，不必怕取材汎博，不汎博就無法使文章雄厚廓大。

比「文外的學問」更重要的當然是「文外的涉世」了，每人生活環境不同，耳目所聞見及身所親歷都不同，如何深思謹識、醞釀蓄積成左右逢源的資材，讓生活心得超過文章所需，筆下不盡而綽綽有餘；別讓文章所需超過生活心得，筆下拮据而尋行數墨。生活涉世的心得都是「道」，道足了文章就自然流出，歐陽修說「道勝者文不難」，這句話，今天應該如此解釋了。

所以第二步、第三步要如何走下去，全看你自己是不是樂意一心凝神其中，直上千峰萬峰而去，寫作本來就是沒有路而踩出路來的志業，要千峰萬峰在你腳下踩出路來，下一步踩出清涼世界也好，下一步踩出桃源世界也好，空山無人，水流花開，各樣的世界就看你自己去踩尋出來啦！

22

你不停地寫作，是否有什麼座右銘在鼓舞著？

我髣髴出書不停，但不算是密集者，聽別人說寫了六十本、八十本，不知他們如何做到的？我不是工作狂，上緊發條滴搭滴搭不稍停的鐘錶。我只像愛盪就盪、不盪就歇的鞦韆。除了少數時段情況特殊，我會像拚命一樣揮筆勤耕之外，大多數時間是寫一陣、停一陣。

每停一陣，事後有點追悔浪擲光陰，趕快再發動引擎迎頭趕上。每一個重新的開始，往往有不同過去的「文外」異類新因素加進來，卻是最有創造力的時刻。這樣寫一陣、停一陣，其實是一張一弛的調節，不須時時刻刻去衝鋒，又不是直線單脈的前進，不依照豫繪的平面陸行地圖，而是海空立體的多道兼進式。

我依憑的不是一腔工作狂熱，因為我寫作著述都只在早晨，下午晚上是絕不動筆的，讓它空著。要寫東西，不交際，不應酬，不看電視，晚上八、九時就入夢鄉，凌晨三、四點就起床執筆，八點要去上班時，寫作都已經完工。數十年如此，我依憑的是「持之以恆」，我極有恆心，行者常至，是跑萬米，不是衝百米，不急急於一時，所以多門類的大作品，能一一完成。

我雖然寫過〈事到能癡便可傳〉的文章，但自己並沒有寫作成癖，可寫就寫，不寫也沒關係，散文寫作園地沒了，寫《易經》也可以，並不成癮。不會像三國時的鍾繇那樣，把隸書行書寫到「入神」，把八分書寫到「入妙」，精癡到看萬象萬物、一竹一蘭都是書法的撇捺；也不會像唐代的劉晏那樣，精於為天下理財，權量萬貨輕重，癡心到看滿地的鹽鐵砂石都是滾動著的錢幣！

但我明白「根根圓通，觸處皆是」的妙意，天地之間一切情理都相輔相通。西方人沉思有機化學的分子結構，百思不得其圖狀，有一天夢到蛇群聯環相咬，醒來忽然悟出。古代張旭也是瞥見驚蛇竄入草叢，而大悟行草的書法。我在密集寫散文，同時維持三四個專欄時，不靠事先做一大堆卡片，不靠講義夾分存資料，更不靠去翻查《古今圖書集成》等類書，尋典故來拼湊，那樣寫出來的散文可能一紙匠氣死氣。我是從早餐的燒餅攤上，看烘爐烤燒餅，而悟出了「二十篇文章一并醞釀」的道理。

我平時寫散文可以寫成一篇才想下一篇，但同時有〈中副〉、〈華副〉、〈新生副〉三個專欄，還向〈聯副〉送稿，每篇從構思醞釀到定題經營完成止，時間很長，若等一篇完稿寄出才定題構思第二篇，那必然接應不上，專欄會有「續稿未到」的天窗開在報紙端，無法週期性的定時繳稿。這就像那攤上的師傅做燒餅，不是做一個、烤一個，待前一個烤熟出爐，再揉麵做第二個。

傳統方法做燒餅，是用一個大陶缸，中間放木炭，上面加蓋，揉麵團成二十個餅，逐一貼入陶缸四壁，有近火炭的先熟，遠火炭的晚熟，不是用機器電烤一齊成熟的。先熟的先用火鉗夾出，晚熟的後用火鉗去夾，端看每個成熟度而定。一邊揀出時，一邊又揉成餅胚二十個，循環復始，所以新出爐的燒餅一個接一個不相間斷。

我從燒餅攤上悟出密集寫散文的方法，一次大約列出想寫的題目二十個，將此二十個題目同時構思設想，網羅腦海中或記事本上引申觸發的有趣材料，以生活聯結起來，予以活化。為接近讀者的見聞，古事要新用，抽象要實例化，使有可讀性。這二十個題目哪個先構思醞釀將熟，就先完成那一篇。二十個題目中常有一直構思不足的，就留著，和下一批二十個題目併在一起思索。有的題目一留達好幾年，一旦有了神思也就可以出爐成最新燒餅。有的題目留了好幾年始終無法完成，剛巧遇到新聞時事的觸動，就配合完成。別人臨時查書如何也翻尋不著的資料或答案，而我簡直就如同「宿構」，水到渠成，毫不費勁，原來不少題目是幾年前就擺在心上想的。

我同時寫三個專欄的歲月不很長，後來都是二週寫一篇，仍維持著「二十篇文章一并醞釀」的習慣，當然也有臨時觸動而插進隊伍前面的，所以每二十篇題目寫完差不多醞釀已近一年。每書寫成後必停歇一陣，像《愛廬小品》寫成就停一陣再寫《生活美學》，其間儘量旅遊休閒或讀書，等《生活美學》寫成，以為是收帆停嚲啦，沒想到移民出國後愛看考古文物，看到溫哥華飛機起飛時，千百隻黑鳥競飛追趕，想著《說文解字》裡「鳳」字的解釋，啊，真像天機湊泊，鬱勃的文心又躍躍待發，仗林黛嫚主編長期給予的「助緣」，《我看外星人》、《山居功課》、《黃永武隨筆》便斷斷續續一一出版。

現在檢視一生，忙一陣後停歇一陣，其實是人生必須的，張而不弛，未必是持久之道，想恆心持久，就靠一弛一張。就像海上拍岸的驚濤，一個浪頭拍打罷，就退下偃伏，總得歇息一陣，再拍第二個新浪。歇息時吸納新知，儲備能量，是第二個新浪頭所以再繼起的動力，停歇一陣，毋須追悔。

因而我沒有以哪句座右銘時時鼓舞支撐自己，倒是每每在歇息閑散久了時，躺著睡覺，突然會有因寫作著述停輟而心動魄驚的經驗，用力拍拍床沿，乃至一躍而起。

那時我總會想起那句杜甫的〈歲暮〉詩：寂寞壯心驚！

在無所事事的寂寞中，壯志雄心忽然襲來！這壯志雄心是超乎自己年歲、超乎時空境遇、也超乎一般價值觀的常態，如同一把奮起的熱火炬熊熊熾熾地燒亮，令你在黑暗寂寞的床上猛然跳起身來。

想想杜甫這句詩，並不是平直聯下的平常語法，「寂寞」怎麼可以聯「壯心」？「壯心」又怎麼可以聯「驚」？它是由三個跳躍式的思考摶合成強有力的一句：

寂寞——杜甫是在被排擠、被冷落，任由其自生自滅，找不到依靠的境遇中，已到了唐朝人公認的老年時期——五十二歲——冬季，大環境是：天地之間，日日在流血。

壯心——這火也似燃燒起來令自己不惜捐軀以濟時的壯心，滿腔忠義，積極入世，但與自己的職位、境遇皆不相稱，年歲、體能也不相稱，與社會常態的眼光看一個流離失所的人更加不相稱，他卻突然大呼大叫，想奮不顧身地投入！

驚——這可令他自己也大感意外，不敢太相信體貌既衰之中猶耿耿如此而大吃一驚！

好一個「驚」字！豈只驚醒自己，也好像驚醒別人、驚醒世界！簡直在向全世界宣告：自己還活著，還不曾麻木，還不曾就此繳械，人生的仗還沒打完，不允許到此為止境而作罷。心還像當年一般年輕，還是要大有作為的年輕，還要等待「收梢結大瓜」呢！

我從年輕而壯老，到今年已七十五歲，一遍一遍想起這句詩至少一百次，每逢歇息消沉的時刻就會想到它，到今天，寫書已成了「餘事」，一無目的而可有可無，仍會想到它，一想到，身心就隨詩句的三段節奏而騰擲跳躍，趕緊提筆上陣去！

23

李白杜甫都有夢想，我們也要有

成功大學要辦文學家系列活動，其中要我提出「文學體悟的一句話」，我提出的是：

李白、杜甫的詩句所以寫得光焰驚人，是因為他們不想「就做一個詩人算了」。

這句話以前在〈聯合副刊〉的「文學留言版」上刊布過，現在再度提出，是想有機會稍加詮釋這句話在今天文壇的意義。

我以為寫作的文人，必須有使命感，有使命感才有襟度氣象，才能鼓氣而壯勢。使命感是從作家的志向而來，文章氣量的開拓，文章光焰的吐出，文章精神的千古，都是志向先要立乎其大，志向大，平日為人就有立身千仞、濯足萬里的氣象。是大文人必亦是大豪傑，杜甫對忠義有捨我其誰的自許，不願只作螻蟻之輩。李白的妙處在有「輕天下」之氣，不為出名營利作個人的盤算。如果沒有高遠特絕的使命感，就不可能建立文學上的奇功。我們若只以大言自負的詩人看他倆，即使奉為「詩仙」、

「詩聖」，也是小看他們了。

我所以要提李白、杜甫為典範，是因為海外評論臺灣的文圃，是「小園孤徑獨徘徊」。其實臺灣文壇出版豐碩，新人輩出，自由發表的環境又具多方獎勵的條件，有十足的優點。既然海外如此評論，可作為反省改進的鏡子。評論大抵是指太個人化、太淺碟化，在氣象上、學問上、面對天下蒼生的歷史感與企圖心上，都嫌不足。並對臺灣自身陶鑄已久的中華文化上缺少使命感，不知珍惜發揚。因而文氣衰弱，益趨益下，盡是些游光短影，格局嫌小了。

格局嫌小與時代風尚、地域限制、個人氣象都有密切關係。借鏡於明末的文壇也纖薄柔鄙，錢謙益曾批評道：

學問不厚，故失之陋；性靈不貴，故失之鬼；風雅不遒，故失之鄙；才情不奇，故失之纖。一言以蔽之，不讀書之病也。

臺灣不是明末，臺灣自有高明之處，臺灣是思想自由、言論自由、出版自由、旅遊自由的寶島，參考錢謙益鍼砭明末文壇的話，臺灣的風氣說進就可遞進，只要不自我束縛，是沒人能束縛的。只要放下太「小我」的淺薄想法，太劃地自大的部落思維，引導一個：多讀書以厚植根柢、多遊歷以寬闊視野、多涉世以放平心氣的時代風尚。引導健康恢宏的時代風尚，就是作家的使命感。作家們展開眼界，廣覽博聞，就可以寬偉見識；放平心氣，超脫偏見，就可以深入觀照；目逾萬卷，心有千秋，就可以成為大器。相信「小園孤徑獨徘徊」的格局是可以打破的。

且來看看李白、杜甫的使命感吧。

李白的使命感是「聖代復元古，垂衣貴清真」。是對文王大雅時代的一種元古蒼茫的崇拜。以復古的雄心，力圖挽回正風正雅的「正聲」，反對衰世雕琢辭采的摛章繡句，恢復原始的質樸清真。古人大都相信「世運降而文與俱降」，認為文明愈開發，文學愈退化，文學是與文明演進成反比例的，李白深信如此，才以復興上古純龐的太和之氣為文學的使命感。

他的使命感，不是空口說說，而是貫徹在日常生活細節裡。他的出生背景、旅遊經驗、生活愛尚及宗教信仰，與他的使命感乃是一以貫之的。

李白出生於吉爾吉斯的碎葉城，那是以游牧飲酒為生涯的西域。他說自己「去國遠游，東涉溟海」，究竟遠遊到何方為止？沒人明白。詩中一再說喜歡結交「東海客」，說自己「宜與海人狎」，這些多金的東海客，使李白能「散金三十餘萬」，金主很可能是阿拉斯加伊妻申群島的挹婁人，阿拉斯加的山壑溪流中金屑閃爍，伊妻申人周代稱為「肅慎氏」，兩漢至唐稱為「挹婁人」，挹婁就是伊妻申，在周代就和中國有來往。李白「東涉溟海」，曾到過伊妻申群島嗎？（可參閱《黃永武隨筆》中〈一株番茄大開文史研究的眼界〉一文）

李白就喜歡「東海客」的漁獵飲酒生活，西域的游牧飲酒加上東海的漁獵飲酒，是他一生最酷愛追求的，所以詩句中那些粗獷的比擬、狂放的字彙、潑野的想像、率直的性愛，以及不節制的醇酒美人生活，乃至對道家海上仙山等修真長生的嚮往，其實都是他實踐使命感的一部分，也是他不斷地重複發揮在作品中的重要元素。他海內海外，塞內塞外都到過，眼界奇大，襟懷非凡，加上使命感中「上溯玄古，下垂千春」的大時空，形成遠出庸眾的奇桀風貌。千春之下的人，無不為他野得可愛而深深感動。

杜甫的使命感，在天下盛平時是「致君堯舜上，再使風俗淳」，在天下大亂時是「朝廷誰請纓」、「濟時敢愛死」？都不是在設想自身干求儒冠纓盔的文武功蹟，是全為普天下的黎民。即使自己幼子已經餓死，在赴奉先的路上吟唱的仍是「窮年憂黎元，嘆息腸內熱」！就是這些濟時拯民的使命感，使他的詩造意大、命格高，一聲駭嘆，就像虎豹發威，烈風振谷，不是那種蟲鳴草間的碎音零落。是使命感形成他的器識，這器識先於文藝，然後本色流露，全是至誠血性。細讀他那首假託「美人」的〈寄韓諫議〉詩，隱語之中在說：「個人的成敗就算了！但為天下人的愛心永遠熾熱長存！」使命感如此壯偉，成就他古今獨步的風采。

近日我重讀杜甫的〈壯遊〉詩，讀到他回憶年輕時遠遊天涯的計畫道：「東下姑蘇臺，已具浮海航，到今有遺恨，不得窮扶桑！」令我大大地吃驚！原來杜甫在二十歲到蘇州後，在錢塘江的長江口，已經準備好搭船遠遊天涯的墨西哥呢！「扶桑」現已證明是墨西哥了。

杜甫出生於西元七一二年，在出生的二百餘年前西元四九九年，扶桑有位法顯和尚到中國來，所講有關扶桑國的風土人情，被記載在《南史．東夷傳》裡，都和墨西哥相合。所以唐代人讀過《南史》就不會以扶桑為日本。唐代著名的天文官員李淳風就說：「倭國一名日本，扶桑復在倭國之東，約去中國三萬里。」李淳風的年代在武則天之前，也在杜甫之前，所以杜甫所認知的扶桑，也不是後人認知的日本，而是更遠萬里的國家。扶桑國多扶桑木，才叫扶桑國。扶桑木極可能是龍舌蘭，「墨西哥」的古文分析起來是「生長龍舌蘭的地方」，正以植物名為國名，墨西哥的龍舌蘭，巨大得比人高，葉條橫出可以有數人長，是特殊的地理標誌。

唐代人若想去墨西哥，由南方海航走，從長江出海，經菲律賓、斐濟等南太平洋島嶼到祕魯及墨西哥。祕魯原住民以克丘亞族最繁大，其語音是單音節，愛吃稻米，至今如「瓦罐」、「玉盤」等古器皿的名稱發音都與漢語相同，蒙古斑與遺傳基因亦同於中國，地名有高姓趙姓的遺跡。一九八七年祕魯歷史學家發表十一個祕魯地名與中國地名完全相同的論文，都可作為兩洲遠航可通的證據。

唐代人若想由北方陸行去，由《淮南子》指示的「過朝鮮，貫大人之國」亦可達扶桑國。李白既可能遠達阿拉斯加的伊妻申群島，由阿拉斯加向東南方走，大人之國可能是指美國、加拿大散布廣大的印第安人，他們沒有全國的君王，只由部落中的社會賢達稱為「大人」者所治理，故稱「大人之國」。「貫大人之國」是貫穿北美洲各印第安人區，亦可達墨西哥，離中國難怪有「三萬里」的遙遠。（同前，可參閱〈一株番茄大開文史研究的眼界〉一文）

杜甫居然追悔不曾趁年輕窮盡行旅之腳，直抵天涯的扶桑國！由唐人此種地理知識，也可作為李白曾遠遊伊妻申群島的旁證。再看王維也有「東海訪蓬瀛」的句子，原來唐代有大志的文豪都想以周遊天下來開闊視野的廣度，見他人所未見，知他人所未知，都有到天涯去覓得好句的夢想呢！

24

好句在天涯

日本女人流行一句話：「男人退休後變成一件最笨重的家具。」

多數退休男人無法反駁這話，「意氣風發」此刻變成了「雞皮鶴髮」，身心若無所寄託，不麻煩別人，只變成最笨重的無聲家具，還算不錯的，就怕退休症候群變成一扇不時發出吉吉軋軋聲教妻兒不得清靜的破門。

我到了退休，才領會讀中文系是一生最佳的選擇。退休後，想讀還沒讀的書可以去讀；想做還沒做的事可以去做；想遊還沒遊的地方可以去遊；想寫還沒寫的文章可以去寫；如果還有未了的心願就趕快去實現，一枝筆在手，山林多暇，問學日新，什麼都來得及追償往日的忙碌。

中文系的好朋友在書裡，最歡迎晚年的寂寞，寂寞時也就和這些好朋友天天品詩論文，寫作也全靠寂寞開花。

中文系的經典大抵是老年哲學，不到晚年領會不了的。到此刻正好將生活經驗及廣泛知識用來參悟人世百態，印證出人生的妙諦。禍福本來就相倚相伏，短長也只是一體的兩面，富貴乃在心而不在身，身心自然安頓者最教人羨豔，而不是宦海商場的大亨們。

中文系的文才也在大自然，所謂天地大塊假我以文章。由於中文系都相信司馬遷是由於足跡徧天下，所歷名山巨川、通都大邑、並熟悉人民風俗的怪奇紛賾，才成就五十二萬六千五百字的《史記》，所以後代的文豪都希望周遊歷覽，看盡天下的雄奇景觀，以有形的壯麗山河助長無形的文章之氣。

我不知道是否真的如此有效？到加拿大的洛磯山脈去仰嘯，巨石巍巍，頂天立地，可能使文章有雄偉峻絕之氣？到阿拉斯加冰原去探奇，層冰峨峨，人煙迴絕，可能使文章有凜靜不躁之氣？到美國大峽谷去俯察，垂足天涯，下臨無底，可能使文章有盤空排盪之氣？若說得如此確切明細是不可信的。

但我在第一次到鵝鑾鼻望太平洋，那蒼茫蒸騰令我懾服；第一次到阿里山看日出，那雄渾古祕令我懾服；第一次到蘭嶼訪原住民，那質樸簡單令我懾服。陌生的新鮮感極美，極易觸動文心。

作家的文思本來就蓄積在「題目」之前，平日在文章之外先有所得，方能見其長處於文字之中。廣博遊歷，將天下的山川民風存影於心中，這些「天異色、地異氣、民異情」的自然風物，影響作家的性情氣度總是有的，就像中國人相信北方多看山，文章便重理；南方多看水，文章便重情。山河大勢與作家性情可能息息相關，那麼常存萬象於胸，提筆時百靈奔赴，鼓氣壯勢，化作英辭麗藻，所以有此「好句在天涯」的想法。

我退休後選擇乘桴浮海去尋桃花源，我的「桴」不是漂木，不是隨水西東、無所負載的漂木；我的「桴」是遊艇，是方向自主、滿載好奇心的遊艇。清人詩道：「飄零君莫恨，好句在天涯。」我沒有漂流意識，更沒有零落悲慨，沒有難以定錨的流離慌亂，而是逍遙自在的自吟自唱。我有滿懷歡喜的觀光意識，隨時問學的心情，以及敞開的吸收狀態，學孔子進太廟每事問的不厭不倦，讀好異國這本豐富的生活大書。我的遊艇處處可以歇腳定錨，留心觀賞，準備好肩頭的古錦囊，一一收割那好句在天涯。

我選擇停泊的溫哥華島，居家附近野花遍地，鹿、浣熊、兔、鵪鶉是來訪的常客，保留著自然田園的野趣，島的北端更像三百年前初闢草萊的臺灣。在這裡不知不覺已過了十幾年想要怎樣就任情怎樣、喜歡做啥就能去做啥的日子。每天不離樹木花草昆蟲禽鳥，才是適性於我的生活，生活在自我贊同中的人，才能看見美，才能有審美的愉快生活。長期身融於林壑幽趣間，使你澄清的眼、沉澱的心，看到樹木花草都有了解渴歡悅的面容表情，昆蟲禽鳥也會謙遜退讓而親如朋友。

我喜歡在林間散步，和每個照面的陌生人說「早安」、「陽光亮麗呀」，這是成為世界公民的第一課。有一天，天將降雪，下著細雨，我向擦肩而過的陌生人說聲：「是雨不是雪呀！」

這位洋人卻回答道：「正是，是濕不是白！」

一句新鮮的答話，讓我再三回味，中國人說「是雨不是雪」，是因為雨和雪都在同一個字形部首，同一類聽起來很諧和。西方人雪和雨兩字是風馬牛不相干，字形上毫不相關。他們愛說「是濕不是白」，濕就是雨，白就是雪，我初步的理解是：濕和白，在字形上都是"W"開頭，聽起來"W"和"Wh"並無差異，我說「雨、雪」是東方的諧和，他說「濕、白」乃是西方的諧和。尋常的對話中，文化差異的美無所不在。

又有一次散步，雪已蓋地，我向一位陌生婦人說聲：「雪，好美呀！」那婦人停住腳步，向我說了一串長句道：「你喜歡雪嗎？雪是一場戰役，但對窮人來說，貧窮對人的侵害，雪還遠不如啦！」

我請她再說一遍，弄懂了就禁不住內心讚嘆這對話美得像詩。何以能出口成章？是西洋有如此的諺語嗎？不是的，西洋人不喜歡說古諺，說了怕別人笑她像老學究。我想起一則紐約新聞：有一天堆雪很厚，學校沒宣布停課，有錢的家長打電話向校方抗議：「雪這麼厚，開車危險，為什麼不停課？」學校回答說：「一停課，窮苦學生沒有營養午餐吃！」我又想起唐代的祖詠寫〈終南望餘雪〉詩：「林表明霽色，城中增暮寒。」天晴雪將融化，城中的窮人就會更冷更難受啦！詩中寓有「我輩優游，勿忘餓餒之人」的仁者胸懷，不正和上述的新聞與對話同一境界嗎？

林間還有許多椅子，這些椅子每隔幾年就要換新的認養人，認養者常在椅背釘上新的銅鑄的名言，名言是被紀念者生前常說的一句話。新近我看到的一句話是：

喜歡向人說「早安」、「今天好啊」，都是不需看醫生的一群。

我遠航不是要去拾異國人的牙慧，而是想充分體會異國人的思想與生活。人在完全開放心胸渴求新知時，才有創造力，才具生命元氣。讀異國這本大書，隨時歡迎真正能悸動心靈的感覺，細至一言一語、一景物、一制度，一受啟發，就是天涯的好句子。當然，我也沒因遠遊而淡忘臺灣，每次古錦囊一積滿，我這艘遊艇就連吟帶唱地駛回去分享給臺灣。

附錄

黃永武著作年曆簡表

（本表製於二〇一一年十二月）

民國二十五年(1936)	一歲	農曆二月九日生
民國三十五年(1946)	十歲	抗戰勝利，由屯溪回上海讀小學五年級
民國三十九年十二月(1950)	十四歲	由滬至香港
民國四十年三月(1951) 九月	十五歲	抵臺灣臺南 入臺南一中補校讀初中三年級
民國四十一年九月(1952)	十六歲	考入臺南師範學校 開始投稿寫作
民國四十五年一月(1956)	二十歲	在臺南師範附小任教，出版《呢喃集》
民國四十六年一月(1957)	二十一歲	在《臺灣教育輔導月刊》發表〈易經蒙卦啟示的教育理論與方法〉
民國四十七年一月(1958) 九月	二十二歲	出版《心期》 入東吳大學中文系，期間常在〈聯合副刊〉發表新詩，大三時創辦「大學詩社」任社長，《大學詩刊》第一期

		出版於民國五十年五月，為國內大學首開寫作新詩風氣之社刊，民國五十一年東吳畢業
民國五十三年七月(1964)	二十八歲	獲國立臺灣師範大學國文所碩士，碩士論文《形聲多兼會意考》由中華書局出版，後由文史哲出版社印售。並撰寫《字句鍛鍊法》初稿
民國五十四年九月(1965)	二十九歲	入師大國文所博士班
民國五十七年十一月(1968)	三十二歲	在師大博士班，於《中山學術文化集刊》發表〈王輔嗣明爻辨位例釋〉又試寫〈易象類釋天文地理章〉，並未發表
民國五十八年八月(1969)	三十三歲	出版《字句鍛鍊法》，由商務印書館發行
十一月		於《中山學術文化集刊》發表〈易先後天卦位合言及遞用例證〉
民國五十九年十一月(1970)	三十四歲	在師大畢業，獲國家文學博士，博士論文《許慎之經學》，由中華書局出版
民國六十年七月(1971)	三十五歲	出版《詩心》，由三民書局發行
八月		任職國立高雄師範大學國文系系主任兼教務長籌編學報，發表《怎樣欣賞詩》
民國六十三年八月(1974)	三十八歲	創辦國立高雄師範大學國文研究所並兼任所長
十月		編成《杜詩叢刊》七十二冊，由大通書局出版獲第一屆金筆獎
民國六十五年六月(1976)	四十歲	出版《中國詩學・設計篇》、《中國詩學・鑑賞篇》，由

		巨流圖書公司發行
十月		出版《杜甫詩集四十種索引》，由大通書局發行
民國六十六年四月(1977)	四十一歲	出版《中國詩學・考據篇》
八月		出任國立中興大學文學院院長
民國六十八年四月(1979)	四十三歲	出版《中國詩學・思想篇》 創立中國古典文學研究會，任創會會長，並召開第一屆大會，出版《古典文學》第一期，由學生書店發行
民國六十九年二月(1980)	四十四歲	《中國詩學》獲第五屆國家文藝獎（文藝理論類）
七月		父親過世，開始編纂《敦煌寶藏》以資紀念
民國七十年八月(1981)	四十五歲	《敦煌寶藏》第一輯十冊問世，由新文豐發行
十二月		出版《愛國詩牆》，由尚友出版、後改黎明印行
民國七十二年八月(1983)	四十七歲	中興大學文學院院長任滿六年，赴美康乃爾大學任訪問教授
九月		與張高評合著《唐詩三百首鑑賞》，由尚友出版、後改黎明印行，並與張高評開始編纂《全宋詩》
民國七十三年八月(1984)	四十八歲	由美康乃爾大學返中興大學
十二月		出版《詩與美》，由洪範書店發行
民國七十四年一月(1985)	四十九歲	出版《載愛飛行》，由九歌出版社發行
三月		出版《珍珠船》，由洪範書店發行
六月		出版《敦煌叢刊初集》十六冊，由新文豐發行
		出版《抒情詩葉》，由九歌出版社發行
八月		出任國立成功大學文學院院長，創辦歷史語言研究所

十二月		並兼所長 《敦煌寶藏》一百四十冊印成
民國七十五年一月(1986)	五十歲	增訂本《字句鍛鍊法》，由洪範書店發行
六月		編成《敦煌古籍敘錄新編》十冊，由新文豐發行
十一月		編成《敦煌遺書最新目錄》
民國七十六年五月(1987)	五十一歲	出版《敦煌的唐詩》，由洪範書店發行，後編入日本《講座敦煌》 出版《讀書與賞詩》，由洪範書店發行
民國七十七年五月(1988)	五十二歲	與張高評編成《全宋詩》，後交由黎明印行，但中途解約，未印出
八月		轉往市立臺北教育大學任教
民國七十八年八月(1989)	五十三歲	與施淑婷合撰《敦煌的唐詩續編》，由文史哲出版社印行 在金山農場置「愛廬」，開始在《中央日報》寫「愛廬小品」專欄；又在《中華日報》寫「海角讀書」專欄；《新生報》寫「詩香谷」專欄
十月		出版《詩林散步》，由九歌出版社發行
民國八十一年四月(1992)	五十六歲	出版《詩香谷》第一集，由健行出版社發行
七月		出版《愛廬小品》分〈靈性〉、〈生活〉、〈勵志〉、〈讀書〉四冊，由洪範書店發行
九月		出版《詩香谷》第二集
民國八十二年一月(1993)	五十七歲	出版《愛廬談文學》，由三民書局發行

四月		《愛廬小品》再獲第十八屆國家文藝獎（散文類）
民國八十四年二月 (1995)	五十九歲	出版《愛廬談心事》，由三民書局發行 在市立臺北教育大學退休，赴加拿大
民國八十五年八月 (1996)	六十歲	回臺灣任教東吳大學
民國八十六年十二月 (1997)	六十一歲	出版《生活美學》分〈天趣〉、〈諧趣〉、〈情趣〉、〈理趣〉四冊，由洪範書店發行
民國八十七年七月 (1998) 九月 十一月	六十二歲	辭任東吳大學教職，赴加拿大 出版《愛廬談諺詩》，由三民書局發行 出版《詩與情》，由三民書局發行 在《中央日報》寫「地北天南」專欄
民國八十九年六月 (2000)	六十四歲	出版《我看外星人》，由九歌出版社發行
民國九十年三月 (2001) 九月	六十五歲	開始在《中央日報》寫「林下小記」專欄 出版《山居功課》，由九歌出版社發行
民國九十一年七月 (2002)	六十六歲	新增訂本《字句鍛鍊法》，由洪範書店重排問世
民國九十五年五月 (2006) 八月	七十歲	《中央日報》結束發行，《林下小記》已撰就四冊稿件尚未出版 增訂本《抒情詩葉》，由九歌重排問世 開始增訂《中國詩學・鑑賞篇》、《中國詩學・思想篇》、《中國詩學・設計篇》、《中國詩學・考據篇》
民國九十七年七月 (2008) 九月	七十二歲	新增本《中國詩學・鑑賞篇》，由高雄巨流公司出版 新增本《中國詩學・考據篇》，由高雄巨流公司出版

		《林下小記》四冊稿件，改名為《黃永武隨筆》兩冊，由洪範書店發行
		開始擴大完成《易象類釋》，改名為《黃永武解周易》
民國九十八年九月(2009)	七十三歲	新增本《中國詩學・設計篇》、《中國詩學・思想篇》，由高雄巨流公司出版
民國九十九年十一月(2010)	七十四歲	南華大學召開「黃永武先生學術會議」，並出版專號學報 《黃永武解周易》交由新文豐出版公司排印
民國一百年十一月(2011) 十二月	七十五歲	寫作完成《好句在天涯——我怎樣寫散文》 出版《黃永武解周易》，由新文豐發行
民國一百零一年四月(2012)	七十六歲	預計出版《好句在天涯——我怎樣寫散文》，由三民書局發行

人文叢書

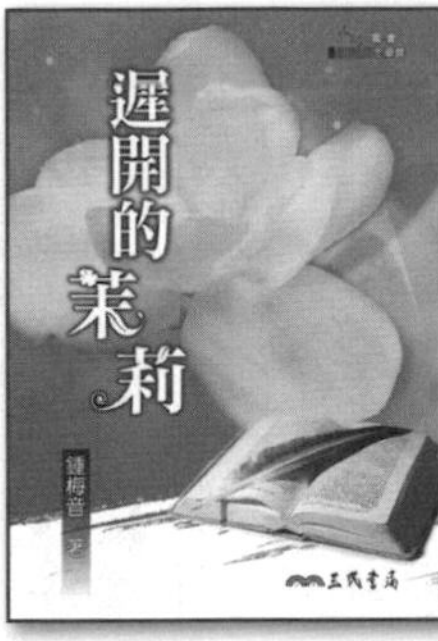

◎綠窗寄語

謝冰瑩 著

本書是謝冰瑩女士最受歡迎的散文集之一，收錄了她與讀者、朋友間交流的書信：有的是指引青年的公開信；有的是給女性朋友的私房話；有的是文學創作的經驗談；有的是解決情感問題的獨到見解。在內容五花八門的讀者來信中，謝女士像個朋友般，用她豐富的閱歷與淺近的文字，親切地回答每個疑問，使內容既實用且溫暖，而全書以書信體的形式呈現，也讓人讀來倍感溫馨。

◎遲開的茉莉

鍾梅音 著

嘗盡苦痛靈魂的才是最美的靈魂——《遲開的茉莉》是一部恬淡細緻，文詞優美的短篇小說集。鍾梅音女士認為小說的靈魂在於人物的創造，此書成功實踐了她的創作理念。那些經歷人生苦澀磨難的角色們，有其傷痛有其脆弱，但最終仍迸發出燦爛的人性光輝，感動無數讀者，而這也是作者自身秉持不移的美好信念。不論時空如何遞嬗，這種溫暖的文學力量，總能透過閱讀，串連起每個世代，慰藉你我的心靈。

◎雪樓小品

洛夫 著

雪樓內有文、有詩、有書畫，是洛夫探索文藝、既自由且愜意的理想天地。多彩爛漫的文人氣息，與窗外雪落無聲的寂靜，形成強烈的對比。洛夫在溫哥華期間，不忘讀書、不忘創作，更不忘品味新生活，本書即為洛夫讀書的感悟與生活的感受。沒有政治或敏感議題，篇幅簡短，雋永有味。讀者可以與洛夫一同讀情詩、詠古人，與洛夫在後院種花蒔草，享受收成的快樂，與洛夫閒話酒茶。透過本書與洛夫促膝長談，重新發掘您所忽略的生活情趣。

人文叢書

◎我與文學

張秀亞 著

「美文大師」張秀亞女士以美善的心靈、細膩的情思、優美的文字寫成這本《我與文學》。它將開啟你的心靈，讓你以新的眼光來看待身邊的一切，進而體會英國詩人華茨華斯所說：「即使是一朵最平凡的小花，也會使人感動得流下淚。」我有一個時期，曾企圖自室內走到戶外，如今，我才發現在戶外停留得太久了，我要回到屋簷下，回到心靈的內室裡來，諦聽他人以及自己靈魂的微語——那才是人類真正的聲音。

◎弘一大師傳

陳慧劍 著

弘一大師，是中國近代藝術史上的奇才，也是近代佛教史上的律學高僧。他出家之前，倜儻風流，不僅開創了中國近代戲劇史的先河，也為音樂教育寫下輝煌的一章；出家之後，獻身於佛道，作苦行僧、行菩薩道，以身教示人，為佛門立下典範。

◎比整個世界還要大

王怡心等 編著

本書精選三十九篇當代經典散文，起自魯迅《野草》題辭，終於張輝誠的〈蝸角〉，展現白話散文的多樣風貌，不只增進學子閱讀與習作能力，更能讓他們看見，比課本還多、比世界還大、比生命更長久的，永恆的力量！

三民叢刊

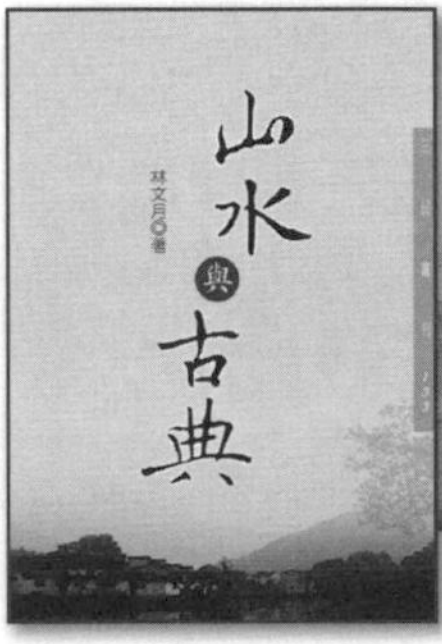

◎山水與古典

林文月 著

如果你想看林文月教授兼具學術之筆與散文之筆的展現，那你絕不能錯過本書！無論是寫六朝詩歌，或論述古今文人，或比較中日文學，皆可感受到作者「寫作態度雖然是認真嚴肅的，筆調卻都輕鬆無比」的說法。閱讀本書，可以讀出一名學者對於自己的研究與生活，以及人情的溫暖體會。

◎河　宴

鍾怡雯 著

本書收錄了鍾怡雯大學時期所有的得獎作品，是她的第一本散文集，也是她自我成長經歷的「交代」與「總結」。作家的第一本書，往往是最純粹、最能見其創作初心的作品，且由本書為線索，更深入地了解鍾怡雯。

◎琦君說童年

琦　君 著

每個人都有童年，不管是苦是樂，回憶起來都是最甜美的。善於說故事的琦君，邀您一同分享她魂牽夢縈的故鄉與童年，字裡行間充滿了愛心與情義，篇篇真摯感人。

三民叢刊

◎生命的學問

牟宗三 著

牟宗三先生學貫中西，融會佛儒，是享譽近代的哲學大家。本書集合了他曾在期刊學報發表的若干文章，內容或為哲學專題的探討，人生問題的思索；或為生活心情的紀實，前塵往事的追憶。看似龐雜無序，其實更可得見其真情真性，也才是窺得一代哲學宗師心靈世界最好的途徑。